女っておもしろい

銀色夏生

角川文庫 14280

おしゃべり本とは・・・、私が話してておもしろいなあと思った人に、会話を本にさせて欲しいとお願いして、数回会って、そのあいだ、ごはん食べたりしながらテープに録音して、録音してないところは覚えて、それをほぼ全部文字に書きおこしたものです。透明人間になって私の隣にすわった気分で、私がふだん、どんなことをしゃべっているのか、興味がある人は、読んでみてください。

「銀色夏生」　詩人
１回結婚して長女を出産、のち離婚。
ふたたび結婚して長男を出産、のち離婚。
現在、中２の長女（カンチ）、小２の長男（チャコ）との３人暮らし。
46歳。

『トゥトゥ』　自営業
いつだったか、「男の人が見ててくれたら、
何キロだって歩けるわ」と言い、
私がこの人生であまり使ってこなかった、「女を楽しむ」を、
おおらかに楽しみつくしてる生き方、考え方に、感動。
それ以後、「女」の先輩として、尊敬する日々。
女としてだけじゃなく、前向きな、その考え方にも。
美人。最初、叶和貴子に似てると思ったけど、
今は辺見えみりに似てると思う。
結婚は、未経験。
中３の長女（ポーちゃん）と２人暮らし。
現在妊娠中で、この夏、出産予定。
「おなかの中の赤ちゃんのパパはだれ？」
「サーファーよ」
「今、どこに？」
「ゆくえ知れず」の36歳。

ぴたりと連絡がこなくなった

　　　　　　　　　　　　　　「　」→銀色　『　』→トゥトゥ

３月４日（土）　中華のランチを注文。

『妊娠したって言ったら、
今までいい男友達と思っていた人たちから、ぴたりと連絡がこなくなったの』
「ふーん」
『悲しいわ〜』
「女として見られてたからじゃない？」
『でも、仕事上ではとてもいい相談相手だったのに。もし自分だったら、そうはしないと思う〜』
「・・・気を遣ってるのかな」
『違うと思う。ぴたりとよ』
「うん」
『あわよくばって、思われてたのよね。きっと』
「そうかもね」
『うれしいようで・・なんか気持ち悪い。
こっちが男として見てる人だったら、あわよくばでもうれしいけど』

ランチ、きました。
私はエビのマヨネーズ炒めセット。
トゥトゥは、中華めんセット。

『最近話した人がね、好きな人がいるんだって。苦しいほど好きなんだって。
苦しいほど好きって、あったかな？　今まで。
興味があるとかならあったけど・・』

「トゥトゥが、誰かのことを苦しいほど好きって言ったのを、聞いたことがないよ。
苦しいほど好き・・・、今まで、あった？」
『もしあったとしても、それ、勘違いしてたのかもね。思わない？』
「うん・・。
私はこれからは、ちょっと好みとか、ちょっとカッコイイとかで好きになることはないと思う。
価値観が同じとか、大事にしてることの考えが一緒とかの、替えのきかない同志的なつながりなら、なんとなく可能性はある気がするけど」
『そうそう。私も。最終的にはそうよね』
「なんかね〜。時間がもったいない。
ちょっとぐらいの好きってことで、あれこれ気をとられるの。
それよりも、やりたいことがあるから、そっちに時間を注ぎたい。
それ以上におもしろくないと」
『そうね。でも、あれこれ気をとられるってのも、たまには感じていたい』
「ああ、そうか・・」

「結婚はしたいの？」
『前はしたいと思ってたけど・・。1回くらいはしたいな〜って。
結婚＝守られる、という図式にあこがれてたもん』
「へぇー」
『私の結婚観は、笑っちゃうほど夢みる女の子っぽいところがある。
生活のことを何も気にせず、彼にまかせて、私はいつもきれいに女としていられるってこと。現実はそれじゃやってけないって知ってるんだけど、なんか夢見てる！
おかしい〜。夢見ていたいからいつまでもシングルでいるのかもしれない』
「ふーん」

『だけど、パートナーは欲しいよね〜。いつまでも恋人気分でいられるっていう』
「一緒に住むのはどう?」
『ポーちゃんが大きくなるまではね〜』
「私は、もう、人と一緒には住みたくないかな〜。
面倒をみたくないし。
あ、でも、ふたりともいそがしく同じ目的に向かってそれぞれ働いてて、
そばにいる方が合理的だとしたら、ありかも。
同じ目的をもちながら、変化していけるならいいな」
『同じ速さでね』
「うん」
『同じ方向を向いていきたいのよね〜。
お互いが目標をもってて、相乗効果みたいに、盛り上がりの速さも同じみたいな』
「意外と面倒のかからない人も、いるかもね。
かからないどころか逆に、面倒をみてくれる人がいたりして」

恋愛と出産と結婚は、別

『また出産したら、恋愛観が変わるかも』
「どうなると思う?」
『想像がつかないけど・・』
「もっと強くなるんじゃない」
『自分の中に秘めてるものがもっと強くなると思うから・・・それもたのしみ。
まだまだ流される自分がいるから・・。
この出産で私の恋愛観が、よりしっかりしたものになりそう。
もう、まわりでどう言われても、いいわ』
「恋愛と出産と結婚は、別だって言ってたよね」

『そうそう。わたしの中では、その3つは別なのよね〜』
「恋愛と、出産＆結婚は別って考えてる人はいそうだけど、
出産と結婚までも分けてる人って、めずらしいよ」
『出産したら、出会いもあるかも』
「クク。そうかもね〜。
普通の人は、出産したら、もう恋愛なんてって思うけど、ていうか、
ふたりも子どもかかえてどうやって生きよう〜なんて暗くなりそう
だけど、
トゥトゥの場合は、ありえるかもね。
人が、負けカードと呼ぶものが、ジョーカーに見えるような人だし、
いいふうに、人生、開けるかもね。
子ども、欲しかったんだよね」
『そう。いつかは、もう1人は、って』

『がむしゃらに働いて、男の人に感心されてる人がいるけど、そんなのはいやだな。
一生懸命でも、それをやたらに表にださないのがいいな〜。
男女平等とは言っても、すべて平等なんてありえないし、女性には女性にしかできないことがあるし、男性にたよってもいい場合も多いしね〜。
仕事では女性としての心で働きたい』
「美意識の違いだよね。がむしゃらって、カッコ悪いって思わないっていう」
『うん。優雅に働きたい。なんちゃって』

しゃべりがロック

『帝王切開、やめたわ。やっぱり、横切りが、できないみたい』
「やってくれるとこ、なかったの？」
『うん。産むのに問題がない人は、帝王切開はやってくれないんだ

って。ましてや横切り！
出産後、1ヶ月が勝負よね。エステに通いつめるわ』
「ふーん」
『どんな子どもが産まれるのかな〜』
「その子のパパって、どんな顔？」
『うーんとね、あたりさわりのない顔！』
「さっぱりしてる？ 好きな顔？」
『しゃべりが好きだったな』
「しゃべりは似るかもよ」
『・・・むかつくかも。アハハ』
「どんなしゃべりだったの？」
『ふつうにしゃべってるんだけど、アクセントのつけ方で、すごく大きいことを言ってるように聞こえる人っているじゃない？ 言葉の強弱のつけ方で』
「矢沢みたいな？ しゃべりがロック？」
『そうそうそう』
「それにくらっときたんだ」
『うん。今よお〜く考えてみると、一般人でそういう話し方をしてる人って、自分に自信がない人なのかな〜って思うけど』
「話がうまいんだ」
『うん。で、お互い30過ぎで、子どもじゃないんだから、今までの男友達と遊んでもいいって。で、お互いの仕事を優先して、束縛しないって。
まあ、束縛されるのも私は好きだけど。
ものわかりいいじゃ〜んって。たいていの男の人って、いやがるでしょ？』
「そういうところがいいって思ったの？」
『いいっていうか、サーファーっていうところにまず興味が。（笑）
友だちに、どこどこにサーファーが勤めてるってきいたから、私、その人の職場に何回も行って、会うところまでこぎつけたんだよ

ね』
「サーファーがよかったの?」
『そう。興味があったし』
「どんな人?」
『それがね、もう大人なんだし、エッチもあんまりしないようにしようなんて言うのよ。ええーっ! 私はそれも楽しみなのに〜、って』
「ハハハ。どこに住んでたの?」
『レオパレスよ。知ってる?』
「ううん」
『ウィークリーマンション』
「ああ。・・・・つまり、自由人?」
『ていうか、つまらない男だよ。今思えば。
もう思い出せないほど、私の記憶からなくなってる〜。
サーファーっていうのも、もしかして自称かもと、今うたがい中』
「どれくらいつきあってたの?」
『1ヶ月くらい。妊娠しなかったら、もっと長くつきあってたかも』
「避妊しなかったの?」
『私はしてない。
妊娠したら産むよって言ったから、まさかね・・。
たいていの男はびびるよね〜。それとも遊ばれてたのかな〜。
SEX中、サーファーは、くつ下をぬがなかったことが今も不思議というか、おかしい』
「(笑)で、妊娠?」
『そう。最初のでよ』
「また? ポーちゃんの時もそうじゃなかった?」
『そう。あの時は生理中で、ぜったい大丈夫って思ってたのに』
「普段は慎重だよね」
『そうよ』
「あばずれじゃないよね」

『うん。よく友だちに、サイクルが速いね〜って言われる。
誰とでもって、思われてるみたい。いつも行くネイルサロンの彼女に妊娠を伝えたら、
おめでとうの前に、誰の子かわかってるんですか？ だって！ ひどいよね〜。
なんでって聞いたら、おつきあいしてる人、よく変わるし・・・だって。よけいなお世話』
「ふたまたもかけないし、好きな人には一途だよね。
おとなしくてかわいい女の子が、平気で何人もの男の人にいい顔してる方が、よっぽどあばずれだと思うけど・・。
妊娠は、するべき時にしてるんだろうね」
『そうかも』
「妊娠したこと、サーファーに、言った？」
『うん』
「そしたら？」
『責任とれないって。2回目の話で言われた。1回目のTELの時は、なんか好感触だった・・・というか、びびってたのかも』
「ふーん」
『責任とれない理由っていうのが、経済力がないから。
あと、憶測ですけど、私のこと、キライ？
産んでほしくない理由は、自分の家庭環境が複雑だったので、子どもには両親そろってた方がいいと思うからだって』
「え？ だったら、ちゃんと避妊しないとね〜・・」
『ま、どれも言い訳よ！ 無責任な男でよかったと、思う方がいいよね』
「それからは？」
『音沙汰なし』
「どこにいるかわかってるの？」
『ううん』
「知りたい？」

『もう、いいわ。
最初は認知してもらおうかと思ってたんだけど、
下手に顔だされない方がいいかもと思って』
「そんな気がする」
『うちのスタッフたちが、みんな楽しみにしてくれてるし、みんなで育てるわ。
だから、今度は母乳じゃなくて、ミルクにする』
「私も楽しみ〜」

共同繁殖

「『どうぶつ奇想天外』をみてたらね、
ミーアキャットって自分の子どもじゃなくてもみんなで子育てを手伝うんだって。
それを、用語で、『共同繁殖』っていうんだって、みのもんたが言ってた。
それだね。
忙しそうに、くるくるっとみんな動いてたよ、ミーアキャット。
かわいいんだよね。両足で立って、ひなたぼっこして」
『ミーアキャットか〜。みんな同じ方向むいて立ってるよね。
かわいい〜。団体行動、ばっちし。
次も女の子がいいな〜。でも、もし男だったら、理想の男に育てる！』
「理想の男って、どんなの？」
『仕事ができて、女の人にはやさしくして、
つきあう女性には、１人の人間としても女としてもみれる男』
「育てるの、上手そう」
『そうかな〜。でも必ず理想の男に育てる自信はある』
「でも、どっちにしても子どもができたってことは、それは縁だよね」

『うん。その人に出会う前か、出会った頃に、縁結びの神様のところに行ったのよ。
ぐるって2回まわるのね。まわりを。
・・縁は、その男の人との縁じゃなくて、おなかの子どもとの縁かなって』
「そうかもね〜。
でも、子どもって、ホント、自分のものだよね。こうやって見てると。
今おなかにいる、それ、自分のものじゃん。おなかン中だよ。
そこがすごいよね。女って」
『ちゃんとした子が産まれるかしら。検査した方がいいかな』
「その時はその時で。受け入れられるものしか、与えられないと思うよ。
本当に困るようなことはないんじゃない？」
『そうよね〜』

「さっきまでそこのテーブルに、若い夫婦と子どもがいたでしょ？
私が結婚してた時は、父親のありがたさとか、ちゃんと感じていたと思うけど、今はそうじゃないから、今の方がとてもらく」
『ハハハ』
「家族って言葉はまだいいけど、夫婦って言葉には、どうも違和感を感じるんだよね。昔から。なじまないのかな？」
『自立してるからよ』
「夫婦、って言葉で、うかぶイメージがふたつあるんだけど・・、
ひとつはね、カクテルをつくる時のシェーカー、あるでしょ？
あれに、ごつごつした石を2個入れて、がんがん振りまくるの。
そうしたら、やがて、角がとれて、まるくなって、そのふたつの石がいいぐあいに落ち着いて寄り添ってるという。
人と人って、せまいところでそばにずっといると、苦しいじゃない？

そして、どろどろした心の内面までぶつけあって、すったもんだ。
あれやこれや。
でも、それを続けると、いつかはなじんできて、深く結びつく・・みたいな。
しっくりとおさまる・・みたいな。
で、私は、そこで言うと、せまいところっていうのがダメなんだよね。
せまいところでくっつくようにして気持ちをぶつけあうのが。
ああ〜、考えただけで。
で、近くでごんごん、は避けたいので、まずダメ。
友だちや親子でも、いやだ。
時々、テレビのドラマやドキュメンタリーで、親子でどろどろのケンカやつかみ合いをしてるシーンを見るけど、私には、ありえない。
カンチにも、口汚くののしりあうようなケンカをしたいなら、その時はこの家から出て行って、って言ってある。そうまでして、一緒にいたい気持ちは、ないから。親が、・・私がイヤなら出ていけ、っていうのが基本かも。うちの。
ふたつめは、これはわりといいんだけど、死ぬまで秘密を共有、というつながり。
誰にも言えない、けして言えない重大な秘密があって、それをふたりだけで守り続ける。
その意志力が、ふたりをかたくつないでいる。
これならね。なんか、わかる。他に仲間はいない。世の中にふたりだけ・・。
迷いがない感じ。迷う余地が、か。
都会の片隅や、山奥にひっそりと身をひそめて・・・。
高倉健の映画みたい。
あ、でも、ちょっと苦しそう。言えない秘密って、いやなことっぽいな」
『最後、ふたりで殺しあってたりして！』

「アハハハ。・・・10年後に、偶然通りかかったマタギによって、死体発見とか？」

「もし、女の人が、経済的に自立してたとしたらさあ、」
『いらないと思う。思わない？』
「もし男の人が、み〜んな同じだけのお給料をもらうとしたら、女は何を基準に男を選ぶと思う？」
『顔！』
「ハハハ。性格？ 体力？ 頭？」
『うんうん』
「現実では、だいたい、女の容姿と男の経済力が取り引きされてるよね・・・。
じゃあ、もし、男も女も子どもも、全員が一律におなじお金を定期的に配給されるとしたら、世の中どうなると思う？
今、結婚してる人の中では、離婚する人、多いかもね」
『多いよ。絶対、多いって』
「でもさ、そうなったら、男の人はどうなる？
だって、仕事だけしかやってなくて、何もできない人が多そうだし、困るんじゃない？」
『男の人は家のこと、できないかもね。女の人は家事もできるしね』
「家のことって、だれがするの？」
『ロボット、ハハハ。それはそれで、やとって』
「手間のかからない家ができたりして」
『み〜んな同じ家に住んでたりして。全部がいっしょ！』
「床が、水ですべてが流せるとか。屋根取りはずせて、太陽で、天日干し。さっぱり。清潔。物もなくて、ワンルーム」
『そうそうそう』
「らくしたい人はそれで、掃除とか好きな人は、物の多い家でごちゃごちゃと、それぞれ自由にね」

意味なしフレーズ

「男の人につくしてしあわせっていう女の人がいるでしょ。
あれは何なの？ その人を好きだから？」
『好きだからと、そういうふうにしてる自分が好きなのかもしれない。
必要とされてることで喜びを感じてる人がいるじゃない？』
「男にもいるよね」
『いる？』
「女の人に必要とされてるってことで頑張るみたいな。
・・・全然、縁がない世界だな」
『ホントね』
「私だったら、ひとりの男の人のためというより、人々のためとか、世の中のため、の方が大げさでも、まだピンとくる。
・・・男のプライドって、なんだろう」
『ん？』
「あのさあ、男だから、女を守らなきゃ、なんて言う人、いるでしょ？」
『ああ〜。このおなかの子の父親もそうよ。言うだけだったけど』
「私の昔つきあってた人もそうだったんだけど、それって、ホント、口で言ってるだけだよね。
意味がわかんない。意味なしフレーズ。
言葉の意味はわかるけど。
守るっていうなら、ちゃんと話、聞いてよね、だよね。具体的に。
いいことだけ言って、行動がともなってないし。
男たるもの、なんて形にとらわれてて、本当には見ようとしないというか。大きいことを言う前に、小さい小さい涙に気づけよって」
『そうそう。気づいてよね。「イン・ハー・シューズ」では、ローズのフィアンセが小さい小さい涙に気づいてて、うらやましかった。
気づくと、こわれない関係がずっと続くような気がする。

でもこの父親は、かえって正直だったからよかったわ。
正直と言うと、すごくいいフレーズだけど、まあ、無責任男よ』
「意味なしフレーズで思い出した。あと、あれ。
結婚する時なんかによく使われる、
しあわせにしてね。しあわせにするよ。っていうのも。
そういう場合のしあわせって・・なんのことなんだろう。
しあわせって、してあげたり、してもらったりは、できないよね。
本当は。そういうイメージ、幻想・・を、夢見ていられる時期が、
愛し合ってるって時期かもね」
『いろんな人が、その人の思う幸福論を書いてるのを読んでたら、
黒鉄ヒロシも、「幸せという言葉の幻想に惑わされない」って書い
てて、そうそう！ ってうなずいちゃった〜。そこで納得しちゃっ
て、そのあとの人の、読むのやめたわ』
「私は、たぶんかなり強いんじゃないかと思うんだけど・・・、
一般的な意味でね。だから男の人に、強さは、特に求めない。
くらべたら、勝っちゃうかも。弱いふりもできないし」
『できない。なんか、張り合っちゃう』
「だから、自分の弱さを知ってる人がいいな。
知ると、弱さじゃなくなるんだよね。
強さにも弱さにも、どっちにもプラスとマイナスはあるから、
強さ弱さと一口に言っても、それはそれで、複雑だよね。
くるっとひっくりかえることは、世の中には、よくあることで。
見た目の強さや弱さではなく、本当の価値がわかる人だったら、
自信をもてるよね」
『うん』
「強さの悲しさ。
いや、別に悲しくもないな。
・・強さかな？ うーん・・・。やっぱり、強さじゃないかも。
それはなにかと言うと・・・、価値観の違い、かも。
誰かがすっごく気にすることを、ぜんぜん気にならないとしたら、

その人から見たら強い人にみえる、というようなこと。
そういうことが多かったなあ・・。
強いのではなくて、問題にしてないという。
んん？ やっぱり、強いのかな？
いや、違うな・・・。
それに、男性独特のカッコいい強さって、あるし。
それを目にすると、さすがって思う。
男が男に惚(ほ)れる的なのとか、本気で体、張ってるとか。
ああいうのには、手出しできないとこがあるよね。
男の世界もいろいろだね」
『そうよね』

ジュース一杯しか出さなかった

「最初に出会った頃さあ、なんか謎めいてたよね」
『そう？ アハハ』
「こう、言葉を全部しゃべりきらないっていうか。途中でやめる、みたいな」
『うまくしゃべれなかったのかも』
「初めて家に来た時、ジュース一杯しか出さなかったって、あとで言ってたよね」
『そうそう』
「知らない人に何か出すのって、はずかしいんだよね〜。
そういえば、最初の夫のむーちゃん、会ったことあるよね。どんなふうにみえた？ 私たち」
『夫婦らしくなかったわ』
「どんなふう？」
『同居人？』
「ハハハ」
『いつも自分の部屋にいたよね。今はどうなんだろう』

「再婚したよね。でも、あのものぐさな性格は、変わらないと思う。
子ども産むときだけ3年ずつ結婚して・・・、巣作り。
私って、渡り鳥みたい」
『そうよ』
「ハハ」
『子育ての一番大変な時だけ、必要だったのよ』
「なんか、巻き込んで申し訳なかったっていう加害者意識があるのはなんでだろう。
今の状況が楽しいからかな」
『むこうも、よろこんでるわよ』
「そうかな。だよね。ていうか、あっちも変わり者たちだったよね」
『そうよ〜。しあわせ者よ』
「いい人だったし、結婚してくれて感謝してるというか、そんな気持ちもあるような気もするけど、実は、そんな言葉も、言ったそばから、さらさらと砂のように飛んでいくようなんだよね。
過去の夫たちって、
ゼリーでできたブロックで、うしろでぐらぐらとくずれて、
きれいさっぱり消えていく・・・。
後ろは見ないからさあ。前しか」
『私も』

「再来週ね、秋田に行くんだよ。
エイジくんっていう友だちと。彼にタトゥー、入れに」
『ホント? いいなあー!』
「エイジくんって、今、ヘビを2匹いれてるんだけど、もう1匹いれたいんだって。
そして、横浜と、秋田に、入れてもらいたい彫り師がいるって言うから、
取材させてくれるんだったら連れていくよって言ったら、即、ワンワン! って。

いや、うん、って」
『いいな〜』
「2月中はもういっぱいだったから、3月になったの」
『私も入れたい〜。足首に、クロス、入れたいんだよね〜』
「今、ちっちゃいの1個入ってるんだよね。腰?」
『うん。ポーちゃんの名前と生年月日がね。
出産したら、夏、私も、行こうかな〜。そこ。いきた〜い!』
「タトゥー、第2弾で行ってたりして」
『予約しといて』
「ハハハ。研究してくるね〜」
『楽しみがふえたわ』
「私、全然興味がないでしょ、タトゥーに。
すごく気が変わりやすいから、消えないものを入れる気持ちがわからない」
『なんで?』
「だってさ、後で、ちょっと違うのがよかったとか、やんなきゃよかったとか、
もうこれヘンとか、気が変わったりしないの?」
『ううん』
「なんだろう・・・それ」
『よかったあ〜、しか思わない』
「へえ〜っ。エイジくんもたぶんそれだよね。
なんだろう、それ。
魂の奥底に流れる血かな・・・。
あるよね、人って、同じ種族っていうか・・・。
なんか、同じ血が流れてる・・・。
タトゥー好きたちは、わかりやすいね」
『流行で入れてる人もいるけどね』
「あれとはまた違うんでしょ?
ヤクザの刺青(いれずみ)。龍(りゅう)とかの」

『ちがうよ。刺青を入れる思いは一緒かもしれないけど、理由はぜんぜん違うと思う』
「いろいろあるんだ‥」

どんなアクシデントや不幸にも、さがせばいいところはある

「こないだね。出張に行って、帰ってきたら、うちの母親ね、脳梗塞(そく)で入院してたの」
『ウソぉ〜』
「知らないあいだに」
『電話なかったの？』
「電話するタイプじゃないのよ。うちの身内は」
『うんうん』
「それでね。どうも、２〜３日前から変だったらしいんだけど、本人は、ちょっと様子を見るわなんて言って、病院に行きたがらなかったんだって。自己管理しない人だから。
でも、どう〜も変だからって、兄が病院に行こうって言って連れていったら、脳梗塞。
入院の準備を自分でして行ったくらいだから、軽い方だったらしいけど」
『へ〜』
「病院に行ったら、わりとしゃべってた。でも、やっぱちょっとおかしかった。
地図を書けないとか。しゃべりにくいとか。左半分の視界がないとか。
ついに、きたかって思ったけど、急に死ぬよりはいいかなって思った。
最初の３日くらいはドーンと気が重かったけど、もう覚悟もできた」
『退院したの？』

「まだ。もうすぐらしいけど。
・・・でも、こうやって、運動機能がおとろえたりしながら、おだやかに、人生の死に向かっていくんだなって思う」
『死ななそうな気がするんだけど』
「でも、だんだん外堀が埋められていってる・・・という感じがする。
足も悪かったからさ」
『ああ』
「こうやってじょじょに使えないところがふえて、ゆっくりとふえていってね、
本人にもまわりにも、自然に、わからせるというか。
かえってこれはこれでよかったかも。
どんなアクシデントや不幸にも、さがせばいいところはあるじゃん。
みんなあんまり、そうは考えないけど。
起こった不幸には目がいっても、起こらずにすんだ不幸のことは考えないでしょ。
母の場合、超そこつ者で、車の運転がすごく危険だったから、いつか事故をおこしたり、人をひいたりするんじゃないかって思ってたから、神様のいい配慮だったかもしれないと思うよ」
『そうね』
「意外とこれって、悪くないかな〜って思った」
『フフフ』
「人から、心配ね〜って言われたんだけど、わたし、全然、心配してないんだよね」
『ハハハ』
「心配してもしょうがないじゃん。
かなしみを感じるのはなぜか、いちばんかなしいのは何を考えた時かってじっくり考えてみたら、元気な時と比較して、あの人がかわいそうって、思った時なんだよね。
うーん、なるほど、同情か・・って。

でも、実際は、本人は、ぼんやりしてるし、食事はあんまりおいしくないけど、ここではここでどうにかやるわ、って言ってるし。
いい時と比較するからいけないんだよ。
まあ、これも彼女の運命というかさ。あの人の人生だしな〜と思って」
『うん』

私が仕入れた情報によると

「あと、死は、個人のものだと思った。
たとえ親子でも、その人の死、っていうかさ、なにもできないし。
私にも、私のが、くるわけだし。ひとりが死んでも、まわりはあい変わらずまわってるし。
それに私は、死んで終わりって思ってないからさ。次があると思ってるから。
人間の体で生きるのは、ここで終わりってだけで。
役目が終わった服、ぬぐみたいなものだと」
『でも、・・次の世界にいくのって、・・けっこう時間、かかるんでしょ？』
「私が仕入れた情報によると」
『すぐ行く？』
「うん。いく人は。人によっては、死んだこと知らなくて、ずーっとそこにいる、とか。
自覚してる人はすぐ行けて、そう思ってない人は時間がかかる、とか。
私はすぐ行きたいな。やりたいこともあるし」
『どこに行くの？（笑）』
「・・もっと自由になる気がする。
また私のイメージで言うと、たとえば、ダイビングをしてて、ダイビングスーツを着て水中で動くのって、すごくもどかしいでしょ？

024

水の抵抗もあるし、浮力もあるし、音もよく聞こえないし。それが
今の生活だとすると、地上にでて、ダイビングスーツをぬいで、動
き回ってる感じ。のびのびと」
『それ・・地球？』
「しらない」
『会えるよねえ〜』
「会えるよ、会える！
もし、わからなかったら、むかえに行くから。
オイオイって、呼ぶから。寝てたら、起こすから」
『起こして』
「他にも、私についてきたい、そばにいたいっていう人がいたら、
全員を迎えにいく。
ひとりのこらず探し出す。
どこに行ったらいいかわかんなくて、木の下でしゅんとしてる人も、
黄色い花の咲いてる茂みにしゃがみこんでじっとしてる人も。
でも、ちゃんと、合図してね。こころで、思うんだよ〜」
（って、これも、まあ別に違っててもいいんだけど。
どうせ死んだらわかる？ ことだし。
ただ、今は、そう考えると、今を生きやすいので。
自分がしたことは自分で責任をとるという因果応報と、
死んだ後にも続きがあるっていうこと。
その捉え方は、前からよく考えていたことと矛盾しないし、
納得がいくし、疑問をおぎなってくれるから。
だって、悪いことをした人が、その罪をつぐなわないとか、
やさしくて気の弱い人が悪い人から騙されたり苦しめられたままな
んていう、
不平等は許せない。
きっと、そのあとで、必ず、チャラになるはず！
報われるはず！ って思う）

オーラの泉

『・・でもいやだよな〜、事故とかで死んだら。決まってるのかな、そういうのって』
「あれ、見てる？ オーラの泉」
『見てない。怖いもん、あの人が』
「美輪明宏がちょっといやなんだよね」
『そうそうそう！ あの黄色い頭がわたし、いやで』
「あの人、なんかドロドロしてて・・。意地悪っぽいよね」
『イジワル！・・と思うのは、ただたんにキライだからかな〜』
「あ、私もそうかも。本当はいい人なのかも知れないけど、食べ物の好き嫌いみたいなもので」
『・・江原さん、最近たたかれてない？』
「そうだね。今、人気だからね」
『細木数子・・は？』
「もうど〜うでもいい感じ」
『織田無道っていう人もいたよね』
「あの人は、イヤだった」
『宜保愛子は好きだったな』
「あの人は、普通のおばちゃんって感じで、何いってても別にそう罪はないっていうか・・・」
『下条なんとかって、知らない？』
「知らない」
『お祓いする人。
江原さんって、お祓いじゃないよね』
「・・霊視？ ヒロシの時、おもしろかったよ。
部屋にビニール袋をくるっと結んでとってることを霊視されて、超びびってた」
『普通の人はみてくれないよね』
「うん。

テレビにでると、霊能者という以前に、もうエンターテイナーって感じだよね。芸能人。
来週はベッキー。予告では、泣いてた」
『天国からの手紙・・・？ 特番みたいなのをやってるよね』
「あああ〜、死んだおとうさんとか。言い残したことを教えてくれるみたいなね。
あれはあんまり好きじゃない。
江原さんって、霊視で人の部屋とか守護霊とか見るのは上手そうだし、
にこにこしてて感じもいいし、ゲストの反応とか、
話はすっごくおもしろいんだけど、
どうも霊格みたいなのが高そうに思えないんだよね〜。なんか。
自分でも言ってたよ、私もまだまだ修行中です、って。
でも、国分くんがポイントだよね！
あの子で救われるよね。小さなじゃがいもの煮っころがしみたいで、ほっとする」
『もし、霊能者にみてもらうとしたら・・・』
「聞きたいことある？」
『うーん・・。特別、絶対これを知りたいってことはないけど〜。
最近いる苦手な人のことだけが、いやで、それさえなくなれば。
気持ちがしあわせになればいい』
「しあわせじゃないの？」
『わかんない。なにがいやかっていったら、その人』
「じゃあ、解決するようにすれば？」
『あはは。それさえなくなったら、すごいしあわせだよね』

「私ね、いやな人に言われたひとことがすごくイヤで、反動ですごいことしちゃった」
『ハハハハハ、なに？』
「すごいことっていうか・・・、たとえば、いやなことがあるとす

るでしょ、そのいやな気持ちがおさまらないままだと、どんどんパワーをもっちゃうでしょ？
いやなことで引き起こされたパワーが胸の中でうずまくから、それをポーンと、違うことに使って気を紛らす、というようなこと。
それも、あとで考えると、普通だったらしなかったなってこと。できなかったこと。
そう・・・、しなくてもよかったかなってことが多い。・・・しなくても、本当によかったよ～、っていうか、後悔してる」
『ハハハ』
「いつもだったら、会いに行かないような人に、ずんずん会いに行くとかね」
『気持ちをガラッと、変えたいから？』
「うん。なにかしないとおさまらないから、違う方向にむけたくて。で、あとで、なにやってたんだろうっていう・・・。
だから、これからはもう、いやなことがあっても、ヘンなことはしないようにしたい。
ヘンなことして、いいことないし・・。
もう絶対しないようにしよう！」
『私は、買い物かなあ。買い物依存症じゃない？　なんていわれちゃってさ。
あの苦手な人に。オイオイ、おまえだろ？
それでまた、むかっときちゃって』
「うんうん」
『もう、あの人、何なんだろう。いやだ～、もう』
「とりあえず今すぐは、離れることはできないんでしょ？」
『そう、いろいろとからんでるから・・』
「それは、修行だね」
『ひと皮もふた皮もむけるのかしら』
「たぶん」

気になることって、たぶんその人が学ぶべきこと

「そう・・。
子育ても、そうだよね。忍耐強くなるよね。
私はよく、理不尽な我慢を強いられ......。
こないださ、酔っ払いにいわれなき説教を食らったんだけど、私なんか、悪くないのに、ごめんね〜って何度もあやまっちゃって、見てた人に、大人だね〜って、言われて、
すこしうれしかった」
『私も、子ども嫌いだったのに、ある程度は許せるようになった。
他人の子どもはいやだけど。自分の知ってる子どもは、みんな好き。
おっかしいよね』
「確かにね。
人って、自分の苦手なものが、課題として、次にあらわれると思わない？
だって、それが苦手じゃなかったら、それを意識しないわけじゃん」
『そうそうそう』
「今、気になることって、たぶんその人が学ぶべきことだよね。
あ、じゃあ、私にこないだあったイヤなことも、なんかだったのかな」
『そうよ。勉強になったって、いってたよね』
「うん・・。でも、まだ、引きずってる。
本当に勉強になったって言えるのは、しばらくたってからだよね。
だって、きのうの夜もさ、ふっと思い出してしまって、眠れなくなったんだよ、まだ」
『アハハ』
「考えるタイプなんだよね。何かあると。
気分転換しようと思えないの。問題があったら、考えて、考えて、考えて、そして、なにかふっと、腑に落ちるところに落として、や

っとそれから解放されるんだよね。
自分本位な考えのままだと、もやもやがとれないから、考えの位置をずらしてずらして、だんだん上にもっていって、自分本位のところから抜け出せた時に、もやもやが晴れる。
それか、寝る。寝てる間にちょっと気分が変わるから・・。
時々、劇的に変わる」
『・・・なんで、もんもんとするんだろう・・・。
相手に自分の気持ちを言ってないからかな・・・。
直接言えば、すっきりするのかも』
「言えそうなのにね。意外と気を遣うというか、やさしいよね」
『でもたぶん、本当に、離れたいと思ったら、じょじょにそうするかも』
「トゥトゥ、仕事の世界に、仲間、いないね」
『いないよ』
「ハハハ」
『しかもなんか、出る杭(くい)はうたれるというか、足を引っ張ろうとする人が多いのよね』
「ああ、日本人気質だね〜。
私も、身のまわりでは、時々お昼を食べに行く友達以外、お母さん仲間で、意見が合いそうな人がほとんどいないんだけど。あ、お母さん仲間だけでなく、普通にいる大人の人でもそうかな。話が合わないのは、立場がちがうからかなあ？」
『そうよ。お母さん同士でうまくつき合ってる人って、えらいな〜って、私、思っちゃう』
「本当に気があって楽しくつき合ってる人もいるんじゃない？」
『それもあるだろうけど、子どものためにっていう人も、やっぱりいると思う』
「うん。ホントはいやって思いながらつき合ってる人もいるだろうね。
それで事件もよくおきてるしね」

授業参観

『授業参観でも、いつも何人かのお母さんたちがかたまってて、すべてを知ってるような会話をしてる人たちがいるけど、それはそれで、そこにしがみついてなきゃいけないようなものがあるんだろうな〜って思うわ』
「私、子どもがちっちゃい時には、子どもと一緒にすごすことを楽しんでいたけど、今はさ、一秒も、子どものために自分の時間を使いたくないんだよね。
家の中のことは、いいんだけど。
ごはんとか、洗濯とかはね、納得してるから、しょうがなくやるけど。
外のこと、送りむかえとか、参観日とか、やらなくてすむことは、すべてやりたくない。
ＰＴＡの役員は、私は、一回は、最低限度は、やることにしてる。
けど、一回だけ。
あれって、人のいい人が気の毒だよね。
やらない人の分、やりたくないのに何度もやらされて。
ＰＴＡも、子どもの人口は減ってるのに、行事は昔とあまり変わらずで、そうとう無理があるよね。だれもやりたがらないものは、いっそ、なくせばいいのに。そのあとでやっぱりあった方がいいっていう人がいたら、その人が始めればいいんだよ。
必要があって、じゃないと」

(もはや必要もないのに、ただ、だらだら存在するものが、多すぎる。
やめられず、どうしようもできず、でも、続いてる・・・。
このまま行くと岩にぶつかるとわかってて、でも止めるのは大変だから、飛び降りる勇気もなく、見ないふりして進み続けるトロッコ

の乗客みたい。
みんなまとめて死んじゃった方が、かえって無駄な努力をするより楽だしね。
とにかく、気の弱い人や人のいい人が損するのは、絶対によくない)

私は、子どもには率直だ

「・・・ハハハ。参観日ね、カンチにきてほしい？ って聞いたのよ。
そしたら、べつに、って。
きてほしいなら行くけど、って言ったら、お母さんたちがつまんなそう〜に立ってるのを見るのがイヤなんだって。楽しそうだったらいいけどって。
つまんなそう〜に、ってとこで、笑っちゃった。確かに」
『ハハハ』
「前ね、なにかの行事があった時ね、うちの子は来なくていいって言うから私は行かないんだって言ったら、他のおかあさんが、そうは言ってもね、子どもは、いってあげたらよろこぶのよって言うわけ」
『ふつうのおかあさんは、そう言うよね』
「うん。でも、家の親子関係でいうと、カンチは、来て欲しかったら、そう言うし。本当はこう思ってるけど、言えないっていう性格じゃないじゃん」
『うん』
「でも、そう言われて、え？ って、なんかいけないことしてる？ みたいな気になったというか。
ハハ、なんていうんだろう・・・、そういうところがね。
あるよね？ おかあさんたちの常識というか、世間の常識、・・・そういう、みんなが同意するようなことに、同意できないところがある。

あんまりひっかからずに流してることが、気になるっていうか」
『うん』
「だって、本当にいやな子どももいると思うんだけど」
『そうそうそう』
「私なんか子どもの頃、いやだったし。
ホントはよろこぶのよ〜なんて言ってるの、どう思う?
自分の子どもと他人のおかあさんの言ってること、どっちを信じるかってことだよね。
そしたら、子どもだよね。もう中学生なんだし。
そんなこと言われたからさ、すぐに話したよカンチに、
だれだれさんのおかあさんが、いいって言ってても、ホントは子どもは来て欲しいって思ってるのよ、なんて言うんだけど、どう思う〜? カンチ〜、って。
ん? 私は、子どもには率直だわ。
意外と、肝心なことは相談するし。
・・フフ。するとカンチはいつも、面倒くさそうに、どうでもいいよって感じで」

『わたしも、家庭の中でしっかり親子関係を築いていれば、それでいいと思う。
なのに、中学生ってとてもむずかしい時期だからお友だちのおかあさんとなかよくつき合ってた方がいろんな考えてることがわかるからいいよ〜なんて、時々、おせっかいをやく人がいて』
「やだね」
『うん。だけどね、うちはふだんいつもポーちゃんとふたりだし、ちゃんとむきあってるから、なにかしら会話はあるのよね。あのちっちゃいところで!』
「アハハ。
ポーちゃんって、おかあさんのこと、好きだよね〜。昔から」
『アハハハハ』

「ふたりは好き同士って気がする」
『でもなんか、今回、妊娠したことで、ポーちゃんは思春期だから悪影響があるんじゃない？ とか、妙に、言う人がいて』
「あああ〜。おどす人っているよね。それは、おどしなんだよ」
『いやだあー。それが、普通に、当然みたいに、その人の価値観を押しつけるっていうか。
そういうこと言ってる人って、反対に自分の子どもとむきあってないのかな〜って思う』

頭のネジが一本、ない

「私はカンチのこと、全然、心配してないんだ。（って、先日、カンチに言ったら、「カンチも全然、心配してない」「何を？」「ママのこと」だって。笑った〜）
心配の気持ちが、わきおこらないんだよね。なぜか、あの子には。
逆に、もっと世の中にもまれろ！ なんて思う。
そういうところも、他の親には見られないんだよね・・・。
関係性が、どうも違う。
カンチとはお互い全然、気が合わなくて、会話は５分ぐらいしか続かないし。
それ以上になると、どちらかがイライラしてくるんだよね」
『カンチって、割り切ってるよね（笑）』
「これってどう？ きのうさ、テーブルの上の小さなコップに花をいけてたのね。
それをカンチがこぼしたの。
拭いといてねって言ったんだけど、数時間後に見たら、水を入れてないの。
どうして？ って聞いたら、考えつかなかったんだって。
そのまま自然に枯れるのかなって思ったって。
ふつう、花瓶の水をこぼしたら、水、入れるよね。

頭のネジが一本、ないのかな」
『忘れてたんじゃない？』
「そうかな。
私たち、けっこうお互い時々、嫌いあってる。
大嫌いな時がある。で、たまに、すごくわかるってとこもあって、あー、ママとは気持ちがわかるとこがある〜って、それも嫌がってる」
『ハハハ』
「他の人と違う、似たような微妙な感覚が。
このあいだ、『カンチって、どこかズレてるんだよね〜』って言うから、『何と？』って聞いたら、『世の中と』『どんなふうに？』『言わない。説明しづらいから』だって。
ちょっとにんまりしちゃった。そういうところは、わかる気がする。けっこう似てるとこもあるし」
『似てるよ〜。絶対』
「あと、最近、仕事の話は、妙に興味深く聞いてくれる。というか、私がバーッと一方的にしゃべってるんだけど。今作ってる本の話とか。私も言うのが楽しいし。
・・・小さな頃から、知ってるでしょ？」
『うん』
「あの子って、小さい時から、私にママーって甘えてくることなかったじゃない」
『フフフ。そうよね。いつも、ひとりで、ぜんぜん離れて歩いて行ってたもんね』
「でしょ？ 親子って感じがしないのよ。
チャコは、するけど。やさしいし。
帰りにお花を摘んできてくれたりして。
カンチを見てたから、チャコでいろいろと、初めて感じることがある。
ふーん、子どものかわいさって、これか〜って」

『ハハハ』
「夜中、目が覚めて眠れない時で、気がくさくさしてる時なんか、チャコの腰らへんとか両足をくの字に折り曲げてかかえたら安心するし。あ、これはカンチの時もやってたか。よく、おしりのとがったとこを押したっけ。ぐいぐいって。あれがなごむんだよね〜。
・・・カンチとは、基本的なつながりは、あると思うんだ。
心の底の底では、たぶん。
底の底まで行くとね。
めったに行かないし、生きてるあいだに行くことないかも知れないほどの底だけど。
だから、だからこそ、日常生活は、もういいんだ。
これから何十年も顔を合わさなくてもいいってくらい」
『私は、ポーちゃんとひとつよ』
「うんうん。わかる〜」

お互いの毒をあびないように離れて

「だれでも自分の子どもは大事で、かわいいよね。
それを、たぶん、私は、カンチが1歳か2歳までに、
自分なりには、味わいつくした気がする。
その頃も今と同じだったんだろうけど、ほら、まだしゃべれなかったからね、
ちょっとかわいく感じられたから。錯覚? の中で。

それ以降は、反対に、逆の作用が・・・ハハ、嫌なところを知りつくすというか、
それぞれもう、お互いの毒をあびないように離れて・・。
そんなこと、他の人たちは知らないからさ。
そういうことを、ちょろっとグチをこぼしてたわけ、もう、気が合わなくて、って」

『虐待してると思われたりして』
「ハハハ。そうそう。いい子だよ〜なんて言われても、説明もできなくて。
みんな知らないし、あの子の煮ても焼いても食えないようなところ」
『ハハハ』
「外ではけっこううまくやってるようだけど。
・・・私だけが被害者かも・・」
『友だちともなかよく遊んでるしね』
「あと、私が、人をうまく教育、育てるのが得意じゃない、っていうのもあるかな。
教えることが、苦手なんだよね。忍耐力なくて。うまく子どもにいろんなこと、しつけとか、料理とか、教えるの上手な人、いるよね・・・。犬のしつけも苦手だし」
『ポーちゃんは、ずっと一緒にいるよ。電話もこないしね』
「でも、しっかりしてるよね。就職先がなかったら、家業を継ぐ、って言ってたよね。
はっきりと。静かな口調で。びっくりしたよ。ほおお〜、って。
あの現実的な落ち着き。将来設計。しかも実現可能だし」
『ハハハ。ねえ〜、あの泣き虫ポーちゃんが』
「やけに慎重だしね」
『慎重よね。誰に似たのかな』
「おとうさんかな」
『ありえない』
「ハハハ」
『ポーちゃんのパパは、不動産ブローカーみたいな感じだったから。
もう、口が達者で、人を騙して不動産をころがすような仕事だったから』
「ジャパニーズマフィア？」
『ハハハ。実際、何の仕事してたのかよく知らないのよね』

「なんで別れたんだっけ？」
『金の切れ目が縁の切れ目だよね〜。
そうなると不安でしょ！ こっちはあてにしてるわけだし。毎月の生活費が遅れてきたりがいちばん。ポケベル鳴らしても返ってこないし。なんでって聞くと、○○○に入ってたって！ 思わず目がテンに!!』
「どれくらいつきあってたの？」
『3年以上かな〜』
「電話代だけもって、遊びにおいでって言われて、
本当に電話代だけもって、東京まで行ったんでしょ？
そういうところが好きだったんだよね」
『うん。何の心配もいらないって。行ったら部屋も用意してあったし』

男らしい人は、たててあげなきゃいけない

「写真しかみたことないけど、男らしい感じじゃなかった？」
『うん』
「みため男らしい人が好きだよね」
『たいてい、ガテン系とか、野獣とか、男らしい人がね』
「だって自分も、女っぽくしたいんだよね」
『理想はね。でも、ぶつかりあうのよね〜』
「みためは女っぽいけど、心は男っぽいもんね。さっぱり、はっきり」
『ああいう男らしい人は、たててあげなきゃいけないのよね』
「ああ」
『でもそれはできない』
「ああ」
『一緒に張り合っちゃう。・・尊敬できる人だったらいいんだけど。
初めは、尊敬してたけど、間違ってたと、今は思う。

お金を持ってるとこを尊敬してたのかも。私って、あたま悪い〜』

『尊敬って、好きよりも長く続く？』
「え、なに？」
『好きの気持ちと、尊敬の気持ちは、尊敬の方が長い？』
「えええ〜？」
『好きと同じような気持ちかなあ・・』
「尊敬で思い出すのは、よく陶芸の先生と弟子とか、芸術家の師匠と弟子で、つきあったり結婚したりしてる人たちいるよね。レーサーとその弟子とか。習い事の先生と生徒」
『うんうん。ああいうのって、才能を尊敬してるわけで、人じゃないよねー』
「でもつきあうまでいくのは、尊敬もしてて、人も好きなんだろうね」
『尊敬する気持ちがあれば、男の人をたてられるよね』
「なかなか、尊敬が続かないんでしょ？」
『うん』
「続く人って、ある専門的な一点を集中してみてるのかな？
それか、ある限られた場所の中だけとか。
舞台の上のあの人は尊敬し・・・・、家ではムチでぶってたりして！」
『アハハ。ありえるよね〜。でも、そうなると尊敬はパーになる』
「それはそれでまた、別のね。強いつながりがね」
『ハハハ』
「いろんなところを見て、ここはいいけど、ここはだめじゃんってだんだん思うと、尊敬できなくなるよね。なんか、自分でやった方が早いななんて、思ったりして」
『それそれ』
「尊敬してたところを自分にとりいれて、自分を大きくしちゃったりして。

それじゃあね〜。」
『・・・愛してるっていってもね〜。いずれは・・』
「尊敬を続かせるためには、相手がよっほど遠くにいてくれなくちゃ。
もう見えないくらい、だったら、続くかも」
『そうよね。でも、さびし〜なあ〜』
「それに、張り合う気持ちがあったら、まずだめかも」
『自分もそこまで行きたいなんて思うとね』
「その人の弱点をみつけて、よし、あれよりも上に、なんて張り切っちゃったりして。
それじゃあ、ライバルだよ」
『ハハハ』

こつこつ生きながら、好きなことをやって

「そうだね〜。もう、私らあきらめて、自分が尊敬される側になるしかないかもよ。
もう、好きにやって、尊敬されることを認めて、みんなついといでっていうのが、
いちばんおさまりがいいのかも」
『そうそう。それはいいね』
「これからは、そうしようかな・・・。
これから誰かに憧(あこが)れて、ついて行くっていうのはむずかしいと思うんだよね。
私なんか、最近、よくガスの火もつけっぱなしにするし、老化現象も自覚してるから」
『ウソー』
「うん。ホント。これから先は、それほど長く生きる時間はないし。
もう甘いこと言ってられないって思うんだ〜。もうそんな時期じゃないって。

040

これからは、こつこつ生きながら、好きなことをやって、仕事もどんどんやって。
知ってることは、教えて。
・・・今、ついてきそうな人、何人いる？」
『子だけ！』
「私も・・・、子をいれても、今はまだ、1人かな（チャコ）。
かろうじて遠くにもう1人（カンチ）、トボトボと・・S字形でヨロヨロ、歩いてくる」

『じゃあ、仕事上で、尊敬する人、いる？』
「ああ、いる。友だちだけど。尊敬もできる友だち、いるよ」
『ああいう生き方をしたいとか』
「生き方か〜・・・。生き方とくれば、昔の偉人とか、テレビで見た芸術家とか・・」
『偉人？（笑）』
「まあ、よく知らないしね。身近にはいないかな。・・・ちょっと目上の、生き方を目標とする人・・・。似た人いないしな〜。迷った時に指標になる人・・・。
このあいだNHKの『プロフェッショナル』で見たんだけど、古澤明さんっていう、量子テレポーテーションの研究をしてて、ノーベル賞候補といわれてる若き科学者がいて、その人が仕事で行き詰まった時にいつも見るものがあるんだって」
『うん』
「それは何かというと、
22年前のサラエボオリンピックのスキーの回転競技の決勝のビデオ」
『ハハハ、え？』
「その人が、仕事で迷った時にいつも見るのがそれなんだって」
『へ〜』
「それっていうのがね」

『うん』
「すごく過酷な条件の中で、
半分以上の選手がゴールできずに棄権したという壮絶なレースだったんだって」
『うんうん』
「それを見ながら、こう言ってた、『われわれの場合、世界で初めて以外はビリと同じなので、そういう意味ではまったく同じ世界ですね。2番はない。1番以外は価値がない。絶対に攻めなくてはいけなくて、でも攻めれば転倒する可能性は高くて、だから、そこの時の精神状態を学ぶのは、毎回、レースを見てると、感じることがあります』って。
だから、そういう人は、こういうものを支えにしてるんだ、って思った。
相談する人はいないわけじゃん。その人も、その世界では先駆者だから。
そうすると、もう身近にもいないし、
やってることも、他の人と同じことじゃないから、孤独で。
参考になるのは、何十年前のサラエボオリンピックなのよ。
そこに、その人は見つけたわけ」
『うんうん』
「だから、そういうものがあればいいんじゃない?
自分の中で、自分を支える手助けをしてくれるものが」
『うんうん。ふるいたたせるものが』
「そうたくさんはないかもね」
『わたし、なんか、パッと、今、それを聞いて思い出したのが』
「なに?」
『ラスト・オブ・モヒカン』
「(爆笑)」
『あれがなんか、もう、全身から、うううう〜って。
悲しくて泣いちゃうし、頑張ろうってなるし』

0 4 2

「わたし、見直してみようかな」
『・・・ラスト・オブ・モヒカン』

デニス・ホッパー

「そうそう、この間ちょっとさ、『イージー・ライダー』を見直してみたんだけど」
『何回もみた。・・デニス・ホッパー』
「なんか、初めてちゃんと見たって気がしたわ。そうしたらね」
『うん』
「あのオートバイが走って行ってる場所が、私の好きな場所っていうことがわかったの」
『ちょっと乾いた感じのとこでしょ』
「そうそう。好きなんだよね。ああいう茶色っぽい乾いたところ」
『うんうん』
「特典のデニス・ホッパーの解説を聞きながら、私が好きなところをずっと走ってるな〜って思って、地名をメモしながらね。フラッグスタッフ、プエブロ、タラス・・・」
『思い出した、私、デニス・ホッパーが好きで、「ブルー・ベルベット」とか、ジョディ・フォスターとでてた「ハートに火をつけて」。あれ、好きだったな〜。あれが一番好きかも。
乾いた景色が、あの人、好きなのよね。何回も見た』
「そんなに何回も見たの？」
『見た見た。「イージー・ライダー」は意味もわからずに、ただデニス・ホッパーが好きで、見てた気がする』

「ささえになるものをね、みつけないとね」
『そうよね』
「いっこでもあればね」
『人でなくてもね』

車で移動
TSUTAYAで、タトゥーの本を熱心に見入るトゥトゥ
沖縄の本もみてる。

『沖縄に行って、琉球(りゅうきゅう)ガラスの作家をさがしたいのよね。
今度、新しくたちあげるネットショップで売りたいの。
好きなものをだんだん集めていきたいわ～。
沖縄に、作家さがしに行かなきゃ！』
「私が持ってる雑誌、今度もって来るね。参考になるかも。
いろんな作家たちがでてるよ。
でも、そういうのじゃなくて、これからっていう人がいいんでしょ？」
『そう。発掘したいの』
「だったら、新人の作家展とかかな？ どこかの作家のもとで弟子やってるかもね」
『うん。車でいろいろ見てまわってさがそうかな・・・』

車中。

『そうだ、子どもの名前、ラスト・オブ・モヒカン、みたいなのにしよう！』
「鷹(たか)の目を持つ男？」
『そうそう。そういうイメージので、短くして』
「タカオ？」

　　石油ってなに？

『このへんも、風力発電がふえたのよね～』
「どこ？」

044

『ほら、あそこの山』
「ホントだ。代替エネルギー・・。
石油って、あと20年か30年か40年でピークをむかえて、
そこから一気に減りはじめるんだって。
そしたらたぶん、アメリカがひとりじめするかもって」
『そしたらどうなるの?』
「日本は自給率0パーセントだから、石油に替わるエネルギーがみつからなかったら、
・・・昔にもどる?」
『なんかこわいけど。その時はもう死んでるのかな・・。子どもたちはまだ生きてるだろうから、石油がなくても生きていけるような町を教えとこっと。・・・・でも町って、知らんよ』
「ハハハ。
ねえ、石油って、何か知ってる?」
『え〜? しらない。なに?』
「なんだと思う?
というのも、このあいださあ、ふっと、石油って、なんなんだろうって、思ったのよ」
『うん』
「石油・・。なんであんな黒いどろどろして、
温泉みたいに地下にたまってるものからガソリンやプラスチックや、化粧品や、薬や洗剤や、化学繊維や、それ以外にもたくさんの、えっ! ていうものができるんだろう・・・、いろいろできすぎじゃない? ピンとこないな〜って思って。
石油って、いったい何? って。
で、パソコンで、石油ってなに? って入れてみたら、読みやすいサイトをみつけたの。
『私的環境学』って、環境のことがわかりやすくかかれてるやつ」
『うん』
「それによると、石油ってね、大昔の生き物の死骸(しがい)なんだって」

『ホント？』
「うん。それがなが〜い間に熱や圧力で変質して、化石燃料になったんだって。
植物は何になると思う？」
『何？』
「植物は、石炭」
『へえー』
「どっちも生き物だったのよ。
それで、栄養たっぷりだから、石油からはいろんなものができるんだね。
太古の生き物の死骸だってよ。死骸。
つーことはさあ、無駄なものはないというか、なにもかもまわりまわってるね」
『はああ〜。地球って、すごいね！
高い山の上から広い空を見上げて、私ってなんてちっぽけなんだろうって、
なんでこんな小さなことでくよくよしてたんだろうって、思うことがあるけど、
今、そんな気持ち』
「え？ なんで？ 石油で？」
『そう』
「なにかがつながったのかな？」
『うん』
「死骸で」
『うん。死骸でね。死んでからも役に立ってるなんて、スゴイ〜。
・・・ものごとを、いろんな角度から見るのって大事よね。
見られるでしょ？』
「私？ そうだね〜。仕事柄というか・・・、いろんな角度から見たいと思うよ」

好きな場所って、ある？

「好きな場所って、ある？ 好きな町とか。住みたいところとか」
『・・ない』
「よくさ〜。長年さがしあるいて、やっとこの場所に出会いましたとかって言う人いるでしょ？
ひと目でぴんときたとか。なぜかすごくやすらぎます、とか。
私、そういうこと、ないな〜。どこにいても、別に特に好きとも思わないし。
今いるこの場所の中なら、ここ、っていうのはあるけど。
例えば、この喫茶店の中なら、この椅子とか。
そもそも、この場所っていうのがね〜。
落ち着くのが嫌いなのかな」
『そうよ』
「男性観も、同じだったりして」
『ああ〜、そうかもね〜。ハハハ』
「これだ、って思ったことがない」
『私も』
「スピードが違うんだよね。なんか。
一緒にいて、ずっと続く人って、変化するスピードが同じ人って言うじゃない？」
『うんうん』
「私は自分の変化のスピードが、人より速い気がする」
『私も』
「思うに、3倍ぐらい。
たとえばさ、人生を山登りにたとえるとするよ。
誰かと一緒に山に登ってるとするでしょ」
『うん』
「気持ちのいい、見晴らしのいい場所について、そこでしばらく休もうかって言って、落ち着くとするよね」

『うん』
「でもしばらくしたら私は、すぐまた、もっと先に進みたいと思っちゃうんだよね。
そこで、落ち着いてずっといたくないっていうか。
なんか、あっちの方、なにがあるんだろうって。
この岩のむこうはどうなってるのかな〜とか。むずむずしてきちゃう。
でも、男の人って、案外そこにどっしりと座り込んで、趣味のものとか買い揃えてきちゃったりして」
『アハハ』
「ええ？ ここどまり？
で、私は先にちょっとずつ歩いていくから、そこからだんだん離れちゃう。
山の頂上まで登れば、すごくきれいで、めずらしい景色が見える気がするからって。
そこからまた、次に行きたい場所が見えたりするだろうし。
次はあそこに輝いてる海、とかね。岬の先っぽもいいな〜って」
『うんうん。私もそう。好奇心旺盛っていうのかな。それとも、じっとしていられないっていうか』
「先に進もうとしない人とは、やっぱり離れてしまう。
・・・行ってみたくなってしまうんだよなあ〜。
まだ行ってない、知らないところに。
場所じゃなく、ね。
そういう興味や、好奇心のあり方が似てる人だったら、
一緒にいて楽しくやれるかもしれないと思う・・・。
楽しくやりたいんだよね。
それ以外には、なにもない」

カーラジオから歌が流れてきた。
『これ、ガクト？』

「・・・(しばらく聴く) うーん・・、わからないけど、気どってるから、そうかも。
気どってる人って、口先で歌うよね」
『そうそうそう』

お聴きいただいた曲は、ガクトの・・

「あ！やっぱり～！（笑）」

恋愛のいいところだけを

「今まで一番長くつきあった人って、何年？」
『5年かな』
「好きだったの？」
『うん。すごくいい関係だったのに。
気が合ってて、おいしいもの食べて、ときどきプレゼントもらって。
そのままいってくれたらよかったのに、だんだん束縛しはじめてね～。
なぜ束縛しだしたんだろう。
束縛するんだったら、離婚すればって、はなしじゃない？
自分は結婚してるのにね～』
「その人が、変わっちゃったんだね」
『そうよ』
「トゥトゥって、恋愛の相手にはすごくいいのにね。
恋愛のいいところだけを、味わえるのに。そんな人、いないよ。
ふつうの女の人は、結婚とか、責任とか持ち出してきたり、あと緊張感をなくしたり。
こんなにきれいにして女でいることに、ちゃんと時間もお金もかけてるのにね。
うるさいことも言わないし。おもしろいし、前向きだし」

『でしょー？』
「みんなにおすすめしたいくらい」
『ハハハ』
「でも、恋愛の達人じゃなきゃ、無理かもね」
『ううん。大丈夫よ。私は常に初心だし』

050

井戸のように細く深いところ

ジョイフル　　3月8日（水）
私は、エビのクリームスパゲティとシーザーサラダとドリンクセット。
トゥトゥは、ミックスピザとシーザーサラダとドリンクセット。

『仕事に対する姿勢を、もうちょっと自分の中で固めていきたいのよね〜。
まだまだぜんぜん甘いと思う』
「どうなりたいの？」
『もっと強くって、自分自身には言いきかせてるんだけど。
まずは、早起き！　これ大事よね』
「ハハハ」
『なんか、プライベートと仕事がごっちゃまぜになってるみたい。
ああした〜い、こうした〜いっていうのはあるけど・・・。
成功してる私は見えてるけど、その過程がね。・・・甘いな〜』
「私は、これからの仕事のイメージは、
井戸のように細く深いところから湧き上がってくるものをとらえつつ、
広いところで、遊ぶ」

「車、好きだよね。
車に求める条件ってなに？」
『なんだろう・・・、外見、見た感じ。重たいのがいい』
「私は、機能性。それと、静か。
値段とかメーカーにはこだわらない。大きさは、コンパクトな方がいい。
小回りがきいて、駐車場にとめやすそうな。
見ためのイメージで、好きなのは、ない。透明で見えなかったらま

だいい」
『ああ〜。今の車、静かよね』
「静かすぎて危ないくらいだよ」
『なんで？』
「動いてることに気づかれないから」
『ハハハ』
「見ためのほかは？」
『乗りごこちと』
「メーカーも気にするでしょ」
『うん。次の車検の時は、四駆を買う〜』
「どれでもひとつあげるって言われたら、なにがいい？」
『アメ車のね、四駆の、ジボレーとか・・・』
「？」
『よく、マフィアがのってる。頑丈で、威圧感があって、誰も寄せつけないような。
アハハハ。FBIが警護する時に乗ってるような・・・』
「ふーん」
『あと、シートヒーターがついてるのがいい』
「なにそれ」
『シートがあったかくなるの。国産車にはないけど、外車にはあるのよ』
「ふーん。なんで知ってんの？」
『今乗ってるのはついてないけど、もいっこあがるとついてる』
「ふーん。
・・・・・今、乗ってるって、どれ？」
『あれ。(駐車場の方をさす)』
「今、乗せてもらってたやつ？ 外車？」
『うん』
「あれなに？」
『ベンツ』

「あのちっちゃいの?」
『そうよ』
「前、買ったやつだっけ?」
『うん』
「ああ〜。国産の軽かと思った」
『よく言われる。トヨタのイストか、ホンダのなんとかに似てるって。
私もたまに間違えてそっちの方に行くことがある』
「ハハハ」
『駐車場にとめてて、なんとなくはっきり見ないで、あ、あそこらへんって、形とかで』
「ハハハ」

家に求めるものはなに?

「じゃあさ、もし、家を自由に建てるとしたらどんな家?」
『平屋の・・中庭があって・・、中庭を囲むように・・、開放感のある家』
「なに? 木? なにでできてんの? 山小屋みたいな?」
『アハハハ。違う〜! デザイナーズマンションみたいな』
「ああ〜。コンクリートで、機能的な、クールな」
『うん』
「金属とガラスと」
『モダンな感じで、外には緑がいっぱい。中はひんやり』
「ごめんね。山小屋って言って」
『山小屋、きらい、私』
「だよね。ハハハ」
『でも実際建てるとなると違うんだろうな〜、やっぱり』
「場所にも関係するんだよね。街中とか、海のそばとかさ」
『海のそばがいい』

「海のそばがいい？」
『どこから見ても海が見えて』
「ガラス張りで」
『カーテンがなくても、外からのぞく人もいないし』
「家に求めるものはなに？」
『長くいられる・・・あきない・・・機能性はあんまりいらないかな』
「人はいっぱいいる？」
『いない』
「なんにん？」
『子どもと、私』
「ふたり？ あ、もうすぐ３人か」
『うん。たま～に、人があそびにきたりして』
「じゃあ、子どもがいるんだね、そばに」
『うん』
「ずっと？」
『うん。ハハハ、だめ？』
「いや、いいよ。いそうな子どもだもんね。トゥトゥんちって」
『ハハハハハ』
「ひとりって感じじゃないよね」
『ひとりになったら、もう、老人ホームに入る。
ケアセンター・・・ケアセンターも高いからね～』

コレクター

「なぜ、こんなことを聞いたかって言うのはさ、車のイメージって、物や人、異性に求めるイメージに通じるものがない？ 価値観というか、美意識というか・・」
『ああ～』
「なんていったっけ？ 見ためと、でかくて・・」

『ハハハ』
「私は、機能性と静かさ。それは、そう思う。
値段も、高くてもいいし、安くてもいいし。
もともと車そのものは別に好きじゃないんだよね。
運転や車でどこかに行くのは好きだけど、車自体を好きな人いるじゃない?
形とかね。集めたり、ながめたりが」
『うんうんうん』
「男の人に多いよね。コレクターとか」
『ああ、知ってる人で、改造マニアがいて、実際その車を見たら、引いちゃった』
「趣味にのめりこむといえば・・・。
芦屋雁之助は、ホラービデオに熱中しすぎて、離婚したよね」
『ビデオはいいよね』
「ホラーじゃなかったりして」

『家も、そういう意味があるの?』
「いや、家は、なんか家庭に対するイメージを知りたくて。
なんとなく、わかる気がするでしょ」

「あれ見た? 久世プロデューサーのお通夜」
『ああ』
「ひさしぶりに見たよ、森繁久彌。両手をささえられて、ヨロヨロと・・」
『見てない』
「どうしてみんな、私より先に逝くのだろう・・・ってコメントだしてたよ」
『ハハハ』
「でね、帰ったと思ったら、2度目のお焼香に来たんだって」
『なんか、やりそうじゃない? そういうの。

ボケてそうで、実はボケてないってウワサ聞いたけど』
「目をカッと見開いていたって」
『ハハハハ』
「それも、わざと？」
『人の前だと、急に、ぽぼーっとなるけど、実際はまだまだ、しゃきしゃきーって』
「ハハハ」

動物的な本能

『恋愛してない・・・』
「今は、してないんだよね」
『出来ない』
「ハハハハハ」
『だって、今はそういうモードにならないんだよね。自然に。おっかしいよね』
「じゃあ、恋愛は、そのおなかのパパが最後？」
『うん』
「今は、いいじゃん」
『でもね、よ～くよくずっと考えてると、なんか、縁じゃないけど、この子は、できるべくしてできたと思うのよね』
「うん」
『あの時期、私、あの何ヶ月かの出会いの中では、たぶん絶対、だれか、種をさがしてたのだと思う。「スピーシーズ」だっけ。あのこわい映画。あんな感じくらい。
でないと私、どう考えてもあんなおかしい行動はとらなかったかも知れない』
「なに？　おかしい行動って。何回も見に行ったとか？」
『うん。でもその間にアピールしてきたかっこいい人がいたのよ。でも、その人は結婚してたの。それで、ひいてたわけ。昔の私だっ

たら、まあいいやって思うはずなのに』
「ふーん。結婚してる人はまずいってどこかで思ったんだろうね」
『背が高くて、阿部寛そっくりだったのに。んで、年下だけど、食事に行っても昔の九州男児のようにすべて払うんだもん。こっちが心配するくらい。お金はどっから持ってきてんの？ って。独身ならすぐつきあうと思うけど、既婚者だから私に近づいてきたのよね。きっと。楽チンな関係でつきあえそう、って。
・・・動物的って、私、よく言われるのよ』
「そういう時は、動物的な本能で動いてるんだね。野性の勘ってだんだん薄れてきてるらしいけど、それがまだ残ってるんじゃない？」
『よかった』
「よかったって、動物の世界だったらね。でも、ここ人間界では・・」
『ハハハ。でも、なんか・・・』
「自然なんだよね」
『その流れにまかせていつも生きてるような感じ・・。欲求不満の時は、遊びに行ったり・・』
「野性だね」
『妊娠がはっきりするまでは、そわそわして落ち着かなかったのよね〜。これは、絶対・・』
「で、わかったらどうだった？」
『一瞬、不安になった』
「でも、もうひとりって言ってたよね。ずっと」

だれに聞くかの話

『そう、だから、チャンスはチャンスよね。いろんな意味で。
生活サイクルも変わるし、きっとホルモンもバランスよくなって、キレイでいられるだろうし。

妊娠することで、また次のステップにあがれるって、新しいステージに行くって、大葉ナナコさんっていうバースコーディネーターの本に書いてあったけど・・。その人は、５人産んでるんだって』
「産んでよかったから、そう言うんだよね。
産んでいやだった人は、やめた方がいいって言うのかな？」
『そうよ』
「じゃあ、だれに聞くかの話だよね」
『ああ、そうね』
「だから、みんな、こういうことを言われたいってことを言ってくれそうな人のところにアドバイスを求めるでしょ」
『確かに』
「こういうことを言われたいってことが、書いてありそうな本を買うとかさ」
『そうね。うん、そうよ。シングルマザーの本、買いまくったもん』
「でも、産まない方がよかったって思う人って・・・いるのかなあ？
・・・いるか・・・殺すような人とかは」
『くれ、って思う』
「ハハハ。私が男だったら、奥さんが産みたいっていったら、何人でもほしいな」
『それは、生活力があるからよ。
やっぱり生活のことを考えると、どうしても・・・。
働いてる人たちって、産まない人が多いよ。
育てられるのに、上司とかに妊娠したって言ったら困った顔されたとか、
そういうことがあるから、少子化にもつながっていくのよね』
「そういえば、近頃、子どもを産むのがいいことっていうイメージがあんまりないかもね」
『うーん。そうね』
「楽しい感じがないよね。産む方も、素直にうれしさをあらわしづ

らいみたいな。
大変ね〜、大変よ〜って、会話、多いし。
喜ばず、謙遜というか、そんなことない、っていう気弱な受け答えをする風潮が、わたしは嫌い。
とにかく、今は、子どもがらみの苦しい事件も多いよね」
『おめでとう〜、協力してあげる、って上司が言ってくれるようならいいけど。なんか、そのぶんこっちに仕事がくるね、とか。おめでとうって、まず言わない。
今、37〜38歳で、キャリアがあってバリバリ働いて、会社で責任あるポストについてる人だったらむずかしいよね。悩むよね。お給料はいっぱいもらってるし』
「そうなんだ」
『でも少子化っていうけど、ぜんぜんそうは思えないんだけど〜。
子ども、いっぱいいると思わない？ 買い物行ったりすると、多い〜。
産婦人科に行ったら、1ヶ月検診で、赤ちゃんがいっぱいいた！
1日、7〜8人産まれるって』

子どもを産んで欲しい

「そういえばさあ、私、チャコのパパと最初に会った日に、子どもを産んで欲しいって言われて、そうか〜もうひとり産まなきゃいけないのかって、一瞬で観念したんだよ。
その言葉で、即、また結婚か、と思った。
これもまた淡い本能かな。淡くもないか・・・」
『エライね。産んで欲しいって言われたら、私、ひいちゃうかも。
私が欲しい時が産み時の私としてはね』
「それが、私って、どこか、自分が大事にしてること以外はど〜でもいい、っていうところがあって。あの気分は、なんなんだろう。
ふ〜ん。そうか〜。じゃあ、そうするか〜って。結婚や出産って、

あんまり重要じゃ、ないんだよね〜、私には。
重要じゃないっていうか・・・、そういうのは、人生を決定しない、私の人生を左右しないから、気楽にやれるっていうのかな。そういう流れになったら、まあ、流れてみるか〜って。ちょっと、わくわく？
私をどっかに連れていってくれるの？ 行って、行って、連れてって。どこへでも。
ええ？ ここ？ 目的地。・・ガーン！ ってのがいつも。
だったらもう、私に連れて行かせろ！ って言いたい。
その方がよっぽどおもしろい体験できるよ、って。
どこかにチャレンジャーがいないかな」
『ふふっ』
「でも、チャコのパパ、あとで聞いたら、『次につなげるには、そう言うしかないと思った』って。
頭いいよね。体当たり。
いや、頭じゃなくて・・、勘？
むこうもどこか、本能タイプだったのかな」
『・・・そこにはすでに恋愛感情はあったのですか？』
「うーん。というか、最初に会う前に、もう写真で見て、これかと思ったんだよね。
写真を最初に見たから。小さく写ってるぼんやりした写真だけど。むこうから来たからさ。来たから、これかと。
それ見て、たぶん、決めてたというか・・・。そこらへんの心理が、自分でもわからないところで。
意外と、決め打ちすることがある。
で、子ども産んだら、去ってきてしまったけど」
『ハハハ』
「あれもあれで、縁だったと思う。
いい人だよ。今でも、子どもたち、仲いいしね。
・・・そういえば、あのコ、どうなった？」

『だれ?』
「あのさ、大学生でさ、お願いしますってせまられてた男の子いたでしょ?」

大学生

『ああ〜。電話、かかってくるのよ。定期的に。今も・・・しつこい!』
「好きだったの?」
『・・・うーん、最初は興味があったんだけど・・ハハハ、それだけ。
遊びにきたり、一緒に散歩にいったりしてた』
「それは楽しかったの?」
『うん。最初は仲よく、じゃれあったり、スキンシップ?』
「それで・・・、いやになったの?」
『いやじゃないけど、飽きた。キライ!
だって、・・・ハハハ、やっぱり』
「やっぱりなに?」
『・・・・ハハハハ、お金もないし〜』
「ああ〜」
『もしお金のない人とするんだったら、それなりにいい男がいい』
「だろうね〜」
『最近も電話があって、何してるんですか? って』
「またしたがってるんじゃない?・・・何回ぐらいしたの?」
『・・・ひみつ。○回くらい』
「・・・そのコ、大喜びじゃないかな」
『緊張して、できないって。もっと遊んでから来てって言ったのよ』
「けっこう仲よかったんでしょ? 仲よくても、緊張するのかな」
『あんまりしゃべらないっていうか。コミュニケーションが下手。
沈黙が多いの』

「それでも、楽しかった？」
『楽しいっていうか、なんか』
「・・おもしろかったの？」
『そうそうそう。おもしろかったの。
まわりの家族、お兄さんも知ってるし、そこがまた、よけいなんか、秘密っぽくってよくて』
「だんだん邪険にしたの？」
『いそがしいー！　って。いそがしくって、時間つくれないって。
私、いくつだと思うの？　36～7なんだよ。
若い人と遊びなさい、って』
「そしたら？」
『いや、って。ナンパとかしなさい、って言ったら、いや、って』
「そういうことできない感じ？」
『うん。ぜんぜんフツーの子なんだけど。今風のカッコしてる・・』
「どうしてそのコをいいって思ったの？」
『ヒマだったからかな（笑）。居酒屋で、たまたま一緒になって、知り合いとか、みんなでカラオケ行こうっていって、そのコもついてきて・・・』
「その時は、ちょっといいと思ったの？」
『その中ではね。あのグループの中では、その子だけオスに見えたのよ〜。
もう何回言っても、嫌いって言っても、電話してくるから』
「・・ウソ。それはちょっとイヤだね」
『イヤでしょ？』
「嫌いとまで言ったの？」
『うん。妊娠してるって言うと、関係ないけど、彼はびびるかもしれない。オレの子？　って。ありえないけどね。だから、嫌い、とストレートに言った。
わかるでしょ？　いそがしいっていうことは、嫌いっていうことなのよ。わからないの？　って。そしたら、わからない・・・だって。

忙しい＝嫌い、は基本でしょ。
だから、遊んでないから、だめよ。ある程度、遊んでないと』

男の遊び

「遊ぶって・・・どういうこと？ つきあうってこと？」
『いろんな人と恋愛して、つきあって、慣れた人がいいよね。
慣れるというか、愛し愛された経験を持つ！・・・・もう大変』
「えっ？ 何歳ぐらいから何歳ぐらいまで遊んだらいいの？」
『（笑）わかんない。ハハハ。はたちで遊んでる子もいれば、遊んでない子もいるし』
「うんうん」
『でも37〜8で遊んでないっていうのも、また怖いよね、男の人で』
「じゃあ、30までくらい？」
『どうだろう』
「でも、ずっと遊んでるのも、いやでしょ？」
『ずっと遊んでる人って、だいたいわかるよね。ぎとぎとしてるもん、お顔が』
「じゃあさ・・・・、こういうこと？ 若い時は、いろんな人とつきあって、経験をつんで、
ある程度の年齢になったら、遊びをやめて、1人にしぼるの？ そして、1人にしぼって結婚とかして、あとはちょっとこっそり浮気みたいに遊ぶのがいいの？」
『うーん。いいんじゃない？ けっこう。・・興味があればの話だけど』
「それって、まあ、普通だよね。男の人生としたら。
トゥトゥの場合、恋愛と出産と結婚を分けてるから、それぞれの視点で、見分けてるから、全部まとめて満足させてくれなくてもいいんだもんね。責任を分散させてあげてるというか、それぞれの分野で、集中してくれれば。

・・あれっ? それって、すっごく親切じゃない? 男性の負担を減らしてあげてる。責任から解放してあげてるってことで。なんか、ひとりに全部を要求すると、どうしてもどこかで破綻(はたん)しやすいけど、苦しくなるっていうか、でもそうやって分けると、それぞれの得意分野で、活躍してくれればいいんで、全部たのしくやれるっていうか・・・、
・・あれっ? それって、昔の時代にいた仕事も妻も愛人もひっくるめて責任をとる甲斐性(かいしょう)のある男の裏&逆バージョンじゃない?
そうなると、独占欲が、敵になるか・・。そうだね、妻と愛人でも、どっちかにすっごい独占欲があったら、トラブルもんね。だから、人を見て、そういうのに合う人を見つけるというか、出会うのも含めて才覚ってものだね。みんなが満足してたら、トラブルは起こり得ないんだから。自然と、集まるのかもね。しっくりくるのが。
・・・じゃあさ、30すぎて、素敵な男の人ってどういう人・・・」
『私のまわりにはいないかも知れない』
「ハハハ、え?」
『でも、私思うよ、素敵な人は、若くても年とっててもステキだし、年は関係ないって』
「じゃあ、普通の人の場合で言うと、男の遊びを、まわりも本人も許してる時期ならOKだとしても、そのあと、結婚したらどうなるの?
奥さんの立場から見るか、遊び相手の立場から見るかで、全然違うよね。いい男の定義って。どっちもまとめて面倒みて、それぞれに満足させて、納得させて、全部許されてるような、さっきの、甲斐性のあるというか、昔の時代に存在したような男の人って、実際はめったにいないもんね」
『今はいないと思う。いたら本物だよね。バブリーの頃は、誰でもできたはなしだもん』
「『松紳』、見てないよね」
『見てない』

「あれで、時々、紳助が浮気の苦労話をして、会場にいる女の子たちがみんな笑ってるんだけどね、まあ、私も笑うけど、その時は、一緒に男の立場にたって笑ってるわけでしょ。でも、笑いながらふと、ここで笑ってあげていいのかな？ とも思うんだよね。笑っていいの〜？ 女の子たち〜って」
『ハハハ』
「奥さんVS旦那&浮気相手という図の中で、奥さんになるかもしれないわけで、そしたら今、自分で自分を笑ってるんだよ、自分が自分に笑われてるんだよって。それとも、そういうのもわかってて、自分が奥さんになったら、旦那の浮気は許すつもりなのかな、とか。いろいろ考える。
自分が今どこにいるかによって、怒ることや笑えることは変わるよね。
今、どこにいる？」
『今？』
「自由？」
『うーん・・。だれも好きな人はいないし。というか、興味がない・・・。とにかく、あの大学生には、遊んでこいって、言ってる・・・』
「いつかの外人は？」
『ジョンソン？ 今、神戸にいる。大学を卒業して、外資系の会社に入ったみたい。
電話があって、遊びにおいでよ〜って言ってたけど。行かない！
こっちに来てる外人って、日本で最初に知り合った女性によって、日本女性に対する価値観が決まるっていうか、外人っていうだけでモテるから、すごく甘やかされてる・・・。日本人の女性はやさしいって。あいまいっていうか・・。
でも、日本に居着いてる外人って、自分の国じゃたいがい変わり者なんだって。彼が言ってた』
「あれはどうした？ 体育教師」

『あ〜、彼も、本気の私に怖気(おじけ)づいたっていうか。なんか、責任とれないみたいなこと言ってた。妊娠したわけでもないのに。私たちの生活の面倒見る自信がないとかで・・・。面倒見てなんてことも言ってないのに。まあ・・、別れたかったのかも。
なぜかショックで、真珠のネックレスとピアスを買いまくった。けど、今、どこにあるかさえ知らない・・・』

男の人を選ぶ基準

「あのさあ、男の人の好きなしぐさとか動作とかある？」
『ハハハハ。決まってない』
「え？」
『動物の勘。その時その時の。ハハハ』
「そうだね。そういえば、彼のこういうところがカッコイイとか、そういうのは言わないよね。ある意味、強力に、口が堅いよね。
今はこうやって聞いてるから、答えてくれてるけど、普段は、つきあってる人の話って、ほとんど話さないよね。私も聞かないし」
『うん』
「笑える話以外は」
『そうね。ハハハ。笑い話になる、って思うと、誰かに話したくなる』
「よく、人が言う、のろけ話とかもまったくしないよね。グチも言わないし。
男らしいっていうか・・・。筋が通ってるし、くどくどしてないし。もっとこう・・・。
表面的なことは、あんまり言ったことないね。なんだろう」
『アハハハ。
その人が、どんな生い立ちだとか、学歴とか、仕事とかには興味がない。
自宅住所も気にならない。連絡さえとれれば、ＯＫ。

ポーのパパも、本当の家がどこか知らないもん』
「ハァー・・(笑)。
男の人を選ぶ基準、・・・見た目じゃないよね、本当はね。
外見っていいながらも、全然、外見じゃないよね」
『そうそう。それがおっかしいよね。外見といいながらも、ぜんぜん実際は・・』
「違うとこ、見てるよね」
『ガクッとくるようなね。外見はね、ホント、ガクッとすべる』
「じゃあ、どこにひかれるの？」
『なんか知らないけど、ひかれる。
話し方とか、ふくらはぎとか、おしりの形とか、指とか、右目、とか。そういう細かいところ。ちっちゃなとこでも、いっこ、なんかあったら、それ』
「ふーん」
『ふぉわ〜ん、となる。だから、そんな簡単な理由でひかれるから、長く続かないんだね。よく、回転が速いと小バカにされる。
でも、まあ、謎よね〜。だから、はずれもある』
「そのいっこが、最初の入り口なんだね。そこから入って・・」
『相手は、とまどうところよね』
「ああ」
『僕の何が好きなの？ って』
「だよね。そこがいいって思ったら、疑いもせずに行くような感じだもんね。かけひき、いっさい、なし」
『うん』
「で、相手からも好かれたら、どうなるの？」
『え？ しめしめ？』
「じゃあ、好かれてから、こっちが、なんかやっぱり違うなって思い始めたらどうするの？」
『でも、やっぱり違うなって思っても、つきあってる。とりあえず』
「それは、いやじゃないの？」

『我慢する』
「一応、お金もある人？」
『基本的にはね』
「ない人とは、つきあわないでしょ」
『うん。・・・お金がないより、あった方がいいし』
「ない人、いた？」
『お金ない人は、このサーファーくらい。あとはお金、ある。
けど、ケチな人もいたよ〜。
サーファーは、マジでビンボー。おどろいたね』
「へー」
『一応、気を遣って、お金を使わせると悪いって思って、彼のレオパレスへ遊びに行ったんだ〜。Hもしたかったし。んで、ゴロゴロしてたんだけど、サーファーは、Hもしないし、どっか行こうって言うから、しかたなく、街へ出かけたのよ』
「うん」
『タクシーで行きたかったけど、お金がかかるし悪いと思って、トボトボ〜って歩いて』
「ふふ」
『でも、疲れたから、タクシーに乗って、1000円。もち、わたし持ち。
で、いろいろショップを見て、茶しようと、スタバへ』
「うんうん」
『その日、スタバはカップルばっかりで、並んでいろいろ注文したのね』
「うん」
『そしたら、サーファーは、ごめん！ カネ、貸しといて。私、目がテン。
なんで？ って聞くと、給料日前で500円しかない。
へぇ〜〜〜〜っ。私、友だち同士なら、出したり、割り勘アリだけど、彼・彼女の関係なら男にだしてもらいたい、って言ったら、オ

レの給料は10万もいかない、って。
なぜか給料明細を見せるのよ。
レオパレスの家賃を払ったら、5万も残らないって。
とりあえず、貸し、ということで、会計を済ませて、帰ることにしたの。
帰りのタクシーの中で、なんやかんや言い訳するのがおかしかった。
オレだって、金があるならだすよ。とか、
安い給料だけど、オーナーには世話になってるから、引きぬきの話もあるけど、オレはオーナーを裏切れない。とか。
返事に困るようなことばっかり』
「ふーん」
『でも、なんか新鮮で、楽しかったな～。
お金は、持ってる方が出せばいいじゃん、って思って、またね～、と、次に会うのを楽しみに別れた。・・・それっきりだけど』
「ハハハ。・・・大学生は、割り勘だったんだよね」
『の、時もあるし。私が出す、もう』
「・・・え？」
『だから、出すぐらいだったらねえ～』
「その大学生、すごくいいじゃん。出してもらって、しかも・・・」
『してね』
「ハハハ」
『そんな気持ちよくもないし』
「ハハハ・・・教えたりは・・」
『こうした方がいいんじゃない？　って感じでは言うけど、そこまでまだいってないのよ。
そこまでは、私、教えたくない。そういうのって』
「うん。そうだね。たしかに」
『慣れてないところが最初は新鮮でよかったけど・・・。
SEXって、本当は、ふたりですごしてる時から始まってるんだよね。会った時から。

その、ふたりですごすエロい時間がいいのに、それもなく、すぐに結合したがるから、・・・ダメよ』
「そうそう。どんなことでも、本当は、目に見えるとこからじゃなく、そのずっと前から始まってるんだよね〜」

女としか見ない

「あのさ〜。女の人を女としか見ない男の人っているよね。性的な対象としかみてないって」
『ああ』
「あれはなんだろう」
『それは、物としてしかみてないってことよ。女は、物よね。そういう。昔は、けっこう、そうだったんじゃない？ 1人の人間としても、見てほしいよね』
「うん。いるよね」
『うん』
「けっこう、いるのかな？ 割合でいったら・・・」
『半分以上はそうじゃない』
「3割くらいかと思った」
『いや〜、多いよ。でも、物とみられてしあわせな女の人もいるのよね。アハハ』
「それがわかりやすい男の人って、いるよね」
『そう？ 会ったことないからわからない。
そういう人って、子どものときの親子関係？ に問題が、とかっていうじゃない？
基本的な感情がゆがんだりしてるから、恋愛感情にも問題が、って。そういうのって絶対、家庭の中でじゃないと』
「はぐくまれない？」
『うん・・・な、気がする』

070

「でも、よかったね、サーファーで。一生、言えるじゃん。パパは、サーファーよって」
『でも、サーファーって言ってもね、うたがい中だしね、背なんかこんなちっちゃいし』
「そんなの黙ってればわかんないよ」
『腕に刺青(いれずみ)いれてるんだけど、それがまたカッチョ悪い刺青』
「へえ〜」
『龍(りゅう)が水晶玉持ってる感じの』
「アハハハ」

『また次、つきあう人は、ステップアップして‥、その時の私に必要な彼を見つける。
今までつきあってきた人をみてみると、すこしずつ』
「ステップアップしてる？」
『してる。だんだんと、なんか近づいてきてるような気がする』
「きてる？」
『うん。あと何人と出会えば、ピッタリくる人に出会えるんだろう〜』
「こんどはどんな人だろうね。
でも、好き嫌いって、実は、あんまりないんじゃないの？
私は‥、最近、ほとんど人を見なくなってしまったから、
よっぽどじゃないと、目にはいらないと思う。
人に焦点があってないんだよね〜。
なんか、最近、あんまりパッと気の晴れることもないし、いいこと、近頃、あんまりないな〜。
ワアーってすごーく心の底からさーっと晴れていくようなことが‥・ないなあ」

ここまできたから選り好みする

『私のまわりって、けっこう結婚してない人が多いのよ。独身で』
「うん」
『ここまできたから選り好みするって言う女の人がいるんだけど、それがぜんぜん意味がわからなくて』
「それほどでもない人とは結婚したくないってこと？」
『うん。でも、選り好みできない年齢ってあるじゃない？・・・すごく、不思議』
「じゃあ、どうしても結婚したいわけではないってことじゃない？」
『ううん。結婚したいわけよ、みんな。だったら、選んじゃダメよね。どこかで妥協しなきゃいけないわけでしょ』
「結婚したいけど、妥協もしたくない。っていう話は、女同士のおしゃべりだよ」
『あ、ホント？』
「だって、現実的な話じゃないんでしょ」
『うん。そうそう。夢見てるだけ、想像したりして』
「それは、おいしいレストランの話とか、エステの話と同じで、ただの楽しいおしゃべり。これみたいな」
『そっか』
「ひなたぼっこしてるような」
『なるほどね。でも不思議。
自分を知ってから言って、っていうようなタイプの人が言ってるから、よけい腹立つのかも』
「その人、しゃべる相手を間違えたね」
『私ね、昔、若い頃、面食いで、超美形じゃなきゃイヤって思っていた頃があって、でも全然相手にされなくて打ちのめされたことがあったの。そこで、思ったのは、ああそうか、レベルが上すぎたのか、自分と釣りあうレベルよりも、そうとう上を狙ってたんだなって』

「理想的な、すごくカッコいい人とつきあったこと、ある？」
『ない。ある？』
「カッコいい人って、あんまり好きじゃないから。
・・・でも、カッコよさって人によって違うよね」
『違う』
「あ、すごくモテルような人とつきあったことがあったけど、・・短かった」
『疲れる？』
「気取ってる人じゃなかったけど、なんでだっけ。すったもんだもあったし。
魅力的な感じの人だったけど、前の彼女をキープしたままで」
『ハハハ』
「電話がきたのよ。間違えて私がでたら、○○君の彼女ですか？ って言うから、ん？ 知ってる人かなと思って、『はい』って言ったら、『私もなの』って」
『ハハハ』
「そういう時、私、くるくるくるって、頭が高速回転するから、一瞬のうちにあらゆる可能性を想像して、すごく好きだったんだけど、もめごとがイヤだから、こりゃ、身を引こうと、すぐに『あ、間違いました。違います』って言ったんだけど、先週一緒だった？ って聞かれて、うんって言ったら、そう・・・買い物に行くから会えないって言われたのよね・・その前の週も？ うん。やっぱり、それも、忙しいって・・・、って感じで、話しこんじゃって。
そのコが、『どこで知り合ったの？』
私、『西表島(いりおもてじま)』
『そう、私は、去年、竹富島(たけとみじま)で』
毎年かよー！ って思って、『○○君って、へんな人だね』って言ったら、『そうかなあ・・』って言うから、ああ、このコ普通のコなんだな〜って思って、とにかく彼女じゃないからって言って電話を

切って・・・以下略すわ」
『アハハ』
「アホくさいよね。すったもんだは、別で、それはこっちの方ので、もっと怖かったのだけど、あまりの恐ろしさに、それも省略。その時の怖〜い経験が、それ以降の私を慎重にさせたのかも。それ以来、今でもず〜っと、慎重だし。
・・・トラウマかな。・・・別に、いいけど。いや、そうでもないかな。・・・楽しいこともけっこうあったし。おいしいもの食べさせてもらったり。それ相当の授業料払ったってことかな。・・・・でも、授業料の方が、高かったかもな。
そうそう、その時、西表島で同時にもうひとり出会った人がいて、どちらかを選ばなきゃいけないような状況だったんだけど」
『どちらかを選ばなきゃってことになった事ないから、うらやまし〜。
どっちかに選ばれる方には、なったことある。はずれたけど。
1、2、3、と順位をつけられたら、3、だった〜。ショック！
・・で、もうひとりの方がよかった？』
「でも・・・、その人の家って、いい家で、みんなで遊びに行ったんだけど、やさしいお母さんとか見て、大きな大きなきれいなエビフライがずらりと並んで出てきて、その出方もカッコよくて、・・・・私とは世界が違うって思ったの」
『私も、中学校の時の友だちの家に行った時。白いお家だったのよ。壁紙が、花柄で、ネグリジェ着てるし。私なんか丹前着てるのよ』
「ハハハ」
『すごいショックだった・・。ショックっていうか、なんか、こういう生活してる人もいるんだって』
「でも、それで広い世界を知るわけだから、いいよね。そうやって、すこしずつ」
『そうそう。ハハハ。めざせ！ ネグリジェ、って。いつかはあんな生活するぞ、って』

こころの宝石箱

「思い出した。嫌だった男。
赤信号に変わったのに、そのまま猛スピードで直進した人」
『コワ〜イ』
「でしょ？ つきあってもないのに。
今、危なかったじゃん、って言ったら。いいんだよ別に、だって。
鼻もちならない自信家だった」
『それって、思いやりのない人だよね』
「だよね」
『自己中よ』
「それでさ、私が、初恋の人に似てるって」
『ハハハ。それって、言われてうれしくないよね？』
「うれしくないよ」
『私も言われたことあって、イヤで、すぐ髪切った』
「意外と、ちゃんとつきあった人より、ちょっとすれ違ったくらいの人の方が、さわやかな印象で、いつまでも思い出せるよね。
ああ〜、いたな〜って。一服の清涼剤？
つきあっていろいろあって別れてしまった人って、もう・・・思い出してもしょうがないっていうか、ヤなとこもセットになってるから。思い出が。だから、もう・・」
『ふりかえらない』
「男の人は違うっていうよね。こころの宝石箱にしまっているらしい・・・。
前さあ、感動する映画を見た後、ん？ 姿がみえないな、って思ったら、自分の部屋に閉じこもって、昔の彼女にもらった手紙をじーっと読んでるの。思い出っぽく」
『ハハハ。最悪。そんな姿、見て、悲しかった？ 腹立った？ 私なら、その手紙を目の前で破り捨てる！』

「イヤぁ〜な気分だったよ。なんか、気持ち悪かった」
『学校の先生とかと飲む機会が多いんだけど、その時、絶対でてくる話が、
奥さんきれいよね、とかって言うと、
実はさ〜、今の嫁と結婚する前につきあってた人が忘れられないんだ〜って、話したくて話したくてしょうがないみたく、本当はその人と結婚したかったんだけどって、けっこう、どの先生も言うのよ』
「へえー」
『それまで長くつきあってて、結婚するはずだったんだけど、結局別れて、今の奥さんと結婚したんだ、ってそればっかり、何回も何回も何回も話すのよ〜。
奥さんが聞いたら、きっとムカツクよね。
もし、彼や夫が、そんな風にどっかで話してるの聞いたら、私、別れるかも』

禁断のひきだし

「ハハハ。
そういえば、『この机の、一番上の、このひきだしだけは絶対に開けるな』って言われたことがあって、それって、あきらかにそこになにかあるってことでしょ?
そう言われた瞬間からさあ、気になって」
『開けた?』
「いや。開けなかったけどさ。・・なんかね〜。
あ、別れる時に、そこから私があげたノートをそっと抜き出した。
好きだった時にあげたノートだったから、いい言葉が面々と綴ってあって。もったいなくて。
それ、取りかえしたいな〜って思って、たぶん、あの禁断のひきだしにあるはずって。

あんのじょう、そこにあった。ごちゃごちゃした小物たちと一緒に。ち〜んまりと」
『ハハハ。開けるなと言われると、見たいよね〜。もしかして、ダイヤの指輪があるのかなって、ワクワクするもん。
思い出の品って、別に悪気はないのよね』
「だったらさ、静かにしまっててほしい」
『それか捨てる。ハハハ』
「私はだいたい捨ててる気がする。
男の人って、あんまりそういうことないのかな」
『人によってじゃない？ でも、男の人って、そこらへん、細かく考えないのかも・・。
見たら見たで、ひきずるだろうし。
女の人の場合は、ふっ切れたら早いし、全然振り返らないけど、ふっ切れない場合は、ずっとその人を思って、忘れきれなかったら、たぶんもうそこで止まってると思う』
「ああ〜。
・・・そういえば、資料としてとっといてるのはあるな」
『資料？』
「うん。ふふふ。カンチがパパの顔を見たいといった時に見せる用の写真、数枚。若〜い時の、うつりのいいやつ」

『本当に人を好きになったことあるの？ って聞かれたことがあるけど・・』
「どう？」
『どうだろう・・』
「それもまた、わかんないよね。どの程度が、どうなのか。
自分にとってのめいっぱいが、人にはちょっぴりだったりね。
気持ちのコップがあったとして、容量が小さくてすぐに溢れる人もいれば、かなり入れてもまだまだ底のあたりとか。
あとさ、若い時は特に、大好き〜！ って言ってても、本当にそう

なの？ 自分が好きなんじゃない？ っていうのもあるし。
恋してる雰囲気が好きとか、恋人同士なんだけど、なんか落ち着かず、まわりをきょろきょろ見てる、みたいなね」
『あるね』
「その程度で満足？ とか」
『アハハハ。その人たちはそれでいいのよ』
「そっか。そうだね。趣味の違いだよね」
『うん』
「こういい始めるとさ、・・・ハードルが高いな」
『ハハハ』
「高いんじゃなくて、狭いんだ」
『そうね。狭いんだよね』
「高くはない、けして」
『私も高くはない』
「ホント？」
『私って、どう見えるんだろう？ 男の人から、どんなふうに見られてるんだろう』
「どう言われる？ 派手そうって言われるでしょ」
『うん。最初は』
「そのあとは？」
『それくらい』
「あんまり自分のこと説明しないでしょ？」
『うん』
「そしたら、男性からいろいろ質問されたりする？」
『うん。でも曖昧に・・・。あんまりなんでも答えないよね』
「ああ～。そこがまた謎めいて、いいんだよね。
私は、はっきり答えすぎてるな。図に書いて説明してたりして」
『ハハハ』
「その紙、持って帰らせたりして！」
『ハハハ』

「今は、どんな人がいいかと言ったら、・・・感情的じゃない人がいいな〜。
一歩、ひいて見てるような。
生きてる間に、出会わないかもしれないとも思う・・・。
それでも仕方ないと思うけど、
出会うべき人とは、出会うことになると思うんだよね。なんか。ちゃんと。きっちり。
私といるのが楽しくて、私と一緒にいつもいたい、ってだれかが目の前にとびこんで来たら、ああ、いいよ、っていさせると思う。・・・かな？・・・わかんないや」

これこそホントの恋愛

「じゃあ、自分のこと、あんまりしゃべらないんだね」
『うん』
「つきあってる人とは？」
『とは、しゃべるよ。1日の流れを、まず把握する。そうしといたら、まず安心』
「ふ〜ん。・・・じゃあさ、これは恋人って認める人は、生まれてからいままでに、何人くらいいた？」
『これこそホントの恋愛、って？』
「うん」
『1個あった』
「1個しかないの？」
『うん』
「どれ？」
『10代の頃。純粋に好きというだけの気持ちの。
だから、ホントの恋愛って、ないかもしれない・・・』
「それ以降のは違うの？」
『ポーちゃんのパパの時は、どうだっただろう・・・。私、あの頃

はホント、恋愛してると言えるような関係じゃなかった』
「ハ〜」
『ずいぶん甘えてたもん。与えられるばっかり』
「ふ〜ん」
『私も何も言わないし。奥さんと別れろとか、結婚してとか、他に女がいるの？ とか、嫉妬がゼロ、疑いもゼロ、束縛もなし。
むこうも、らくはらくよね。余裕のある生活させてくれたし。
バブリーな頃だったし。いっときはよかったのよね。ハハハ』

「不思議と言えば、私はいつも思うのが、これ。
よくさ、若さをうらやましがる人いるでしょ？ すっごく」
『うん』
「若いってことを。ただもう、それだけで。
あれがわからない。
自分に若い時代がなかったっていうのなら、わかるけど。10歳からぽーんと飛んで40歳になったっていうのなら、同情もするけど、自分だって同じ年代があったわけでさ。
自分がすでに食べ終わった同じケーキを、人が食べてるのを見てうらやましがってるのと同じだよね。さっき食べたじゃん、自分も、って言いたくなる。
しょうがないじゃん！ アンタも食べてたよ！ さっき！ ちゃんと！ って。
しかも、まずそうに！ なんて。フフフ。
もっと味わって食べたらよかったのにね〜、なんて。
ほんとぉ〜に、不思議」
『私は若さがうらやまし〜。外見上ではネ。中身は今がすきだけど。老いる外見より、若い外見がいい〜。10代、20代とは言わないけど、せめて32歳ごろ。あの頃が、外見と中身がピッタンコだった気がする』
「フフ。私たち、生きる目的がちがうからね。キャラというか、人

生の職業が。
でも、トゥトゥは、いつの時も、自分の目の前のケーキをおいしそうに食べるタイプだと思うよ。じゅうぶん味わって、味わいたおす、ってぐらい。
ちゃんと努力してるし。私が言ってるのは、努力もしないでグチこぼしてる人のこと!」

沖縄、行こうか

「沖縄、行こうか」
『いきた〜い』
「子どもも?」
『うん』
「拷問みたい。カンチと一緒なんて」
『そうかな』
「ポーちゃんがいるから、いいか。じゃあ、いく? 5人・・・6人か! 赤ちゃんも」
『うん。ハハハ。寝かしとけばいいし』
「いつ行く? 泳げる時がいい? 泳げない時?」
『泳げる時。水着着たいもん』
「どこに泊まる? ブナ、ブエナビスタ、ブ・・なんとかにする?」
『ブセナテラス?
・・・トランジットカフェの近くがいい』
「でも、夜、どうするの? カフェに行くんだったら。子どもおいてくの?」
『そうなのよね〜。やっぱりおいていこうかな〜』
「2回行こう! 子どもありと、なしと」
『いいネ。子どもなしの時に、カフェに行こう』

「来週、秋田に行くから、何かいいものがあったら買ってくる」

『きりたんぽ?』
「ハハハ」
『その彫り師の人の写真が見たい』
「撮ってこようか。デジカメで」
『うん』
「撮ってくる」
『もうデザイン決めたわ』
「どんな?」
『雑誌にのってたのをヒントに。ニコール・リッチが足首に入れてるんだ。
それを真似して。
子どもの名前と生年月日がまだわからないけど・・』
「秋田から電話しようかな」
『その時のテンションでわかる、私』
「ハハハ」
『入れてたりして』
「それはないな。面倒くさい。私が人に入れるならいいけど」
『ハハハ』
「絵を書くのが好きだから」
『・・・やっぱりなんか魂のはいってるようなのがいいな。
魂のはいってない、ふぬけ〜な刺青(いれずみ)もあるし』
「ああ〜」
『ぼわ〜んとしたのがね』
「カッコ悪いよね」
『カッコ悪いのよ、ホントに。でもそれは、入れてる本人がそうだから、そうなのかなって』
「ハハハ」
『それもあるよね。きっと』

「きょうの夜ごはん、何にしようかな〜。買って帰ろうかな〜。お

082

かず」
『うん』
「きのうはね、麻婆豆腐と、海老芋と鶏肉の煮物を作ったの。最近、海老芋に凝っててさ」
『料理、上手よね』
「上手っていうかさ。そしたらさ、カンチが、今日の味は、やけにおいしい・・おいしい味、って言ってさあ。だよね〜、って」
『アハハ』
「今朝も食べる？ って聞いたら、今日はいいって」
『ハハハ』

『私、あれ買ったよ、「東京タワー」、リリー・・、まだ読んでないけど』
「ああ〜。私、あれ、泣くらしいから、ちょっと敬遠してるの」
『息子が生まれたら、男の子の育て方の参考にしようかなって思って』
「教えてね、感想」
『最後の方だけ、ちらっと読んだ。オカンが・・』
「ああっ、やめて！」
『ハハハ』
「やっぱり感想も聞かなくていいや」
『ハハハ』

『今日は私が、払うわ』
「いいの？」
『このあいだ払ってもらったし。ジョイフルだし』
「サンキュー」
『あしたね、メイクアップアーティストの人に、メイクしてもらうの』
「ふーん」

『大内順子とか、自分のスタイルが決まってる人いるでしょ？ 大屋政子とか』
「うん」
『ああいうふうに、ひとつに決めたいのよね』
「なんで？」
『そのラインを保つっていうか、私をきちんと作りたい』

鷹の目を持つ男

車の中。

「男の子のような気がする」
『ポーちゃんも、もう男の子でいいやー！ って言ってる。
最初は男の子はイヤ！ って言ってたけど』
「だんだん慣れてきたのかな」
『２ヶ月、病院に行ってない。まだ動いてるからいいけど』
「今何ヶ月？」
『６ヶ月。もうすぐ７ヶ月になる。早くない？』
「もう産まれるよ。
今度は妊婦ライフをエンジョイしたいって言ってたけど、楽しむ前にね。早いかもよ」
『名前も決めなきゃいけないし』
「だから、タカオだって」
『ハハハ』
「鷹の目を持つ男・・・、ホークアイ。
じゃあ、ホークアイをちぢめて・・」
『うん』
「クアイ」
『ん？ なんか聞いたことある』
「くわい？ おいもみたいな？」

『ハハハ』
「あれ好き」

『小学校の６年間が長いのよね〜』
「小学校にはいるまでも長いよ」
『長い？』
「うん。でもたぶんね、最初の子どもの時よりもらくにできる、絶対。
しかもまわりに人がいるし」
『うん』
「いろいろとね、頑張り時だね」
『ホント』

信頼できる大人が近くにいる

『妊娠したことでね、ポーちゃんがね、やっぱりショックだったんだって。
ママがそういうことするなんてって。エッチすることをね』
「ああ」
『でも家のスタッフのマユミさんが、言ってくれたんだって。
ごはん食べるのと同じって、エッチは。私なんか毎日してるよって、言ったんだって』
「ハハハ」
『そしたら、妙に納得してたって。ポーちゃんも大きくなったらわかる、って。ごはん食べるのといっしょ、って』
「よかったね。そういう人がいて。
なんかね、子どもの成長期に、自分の親以外に信頼できる大人が近くにいるって、すごく大事なんだって」
『よかった。いい人で』
「うん。へんな人だと、反対に、火に油を注ぐような人もいるしね」

『いるいる』
「よけい心配させるっていうか」
『不安にさせる』

『・・・明るくて、前向きな人がいい』
「うん。ホント。それと、私は、落ち着いてる人がいい。
どこか不思議な冷静さを持ってるような人。
たまに、いるんだよね。
どんなパニックの中でも、あわててない感じっていうか・・・。
見た目、騒いでもいいから。魂の奥が、落ち着いてる人。
ときたま、言葉にも出してくれて、クールなもの言いをしてくれたら、
グッとくるだろうなあ〜。
知らない人が聞いたら、心底、冷えきってるかのような。フフフ」

先のことは、すべて

『仕事、頑張ろう、私』
「うん。私たち、ちょっと頑張ろうよ。これから」
『もうひとり、育てなきゃいけないし』
「うん。ハハハ」
『もうしばらくして、また産んだらどうしよう。
・・・ありえない』
「もうないかな」
『ないよ。・・・すっげえ金持ちと結婚したりして』
「ハハハ。先のことは、すべて謎だね」
『謎だよね〜。
でも、こうしたいと思ってれば、そうはなるよね〜』

トゥトゥとの電話。

「編集者の菅原くんが、原稿を読んで、もう男はいらないですね・・・って、言ってたよ」
『ええーっ！ ショック〜！ 男はいるのよ〜。
どうしよう。今晩、眠れないかも』
「菅原くんが、読み違えてると思うんだ。もう一回、聞いてみるね。
私も、なんか、そうか・・・そう思うか〜って、ちょっと気になった。たしかに女同士のおしゃべりだから、男同士の話と同じで、異性が聞いたらおもしろくはないだろうって思うし、一応、女性の読者を対象にしてるけど、それでも、なんかね。
・・・いつか、時間ができたら、天草の『五足のくつ』、行こうね」
『新しいビラができたらしいのよ』
「うん。見た。雑誌で。ビラCって。
海を眺めながら、ゆっくりしようよ」
『水着にならなくていいかしら』
「(笑) いいよ」
『でも、最近、男なんていらないって、強い女、バリバリって感じだったのかも。
そんなの、いやよね〜。もっと女らしく、男の人に愛されるような・・』
「ホント、もてなくなっちゃ困るね。
トゥトゥ、そこ楽しみに、スポットあてて生きてんのにね。
菅原くんに、フォローの言葉を要求しとく。
(これで、これ以降、トゥトゥの発言に勢いがなくなったら、本もつまんなくなっちゃうし！)」→ということをカンチに話したら(おしゃべり本に関しては、なぜかカンチに詳しく話してる。よく聞いてくれるし、意見も言ってくれるし)、そうだね、つまんなくなっちゃったら困るね、って同意見。

菅原くんにメールする。

「トゥトゥが、『編集者の菅原くんが、私たちのおしゃべりを読んで、
男は、いらないですね・・・、って言ってたよ』
って言ったら、ショック受けてたよ。
『男はいるのよー！』って。『どうしよう、今晩、寝れないかも』って。
どうする？　なんか、フォローしてくださ〜い。　　　銀色」

菅原くんから返事がきました。

「ははは、
逆にそう聞いて安心してしまいました。
そう思っていただいているのであれば、
男の絶滅はまだ先になりそうですね。

まあ、いないほうがうまくまわるんだろうけれど、
なぜか異性を必要としてしまう、というのが
男と女の不思議なところなのでしょうかね。
なんだかわかったようなわからないような…。　　スガハラ」

（笑）ダメだ！　フォローになってない・・・。
「いないほうがうまくまわる」わけないじゃん。
そんなこと、ひとっことも言って・・、あ、言ってるけど、
意味が違うよ。
よーく、読んでみてよ。その反対だよ。
絶対に、絶対に、いるんだよ。
でも、その存在の仕方が、ひとそれぞれだってこと、なんだよ。
男、男って、最初から最後まであんなに叫んでんのに〜！

でも、これが一般的な男性の、普通の感想の一例なのかもしれない・・。

しょうがない。自力で頑張ろう。トゥトゥへのフォロー。
男に感想を聞いたのがいけなかった。というか、男に感想を聞いたんじゃなかったんだけどなあ〜。編集者に聞いたつもりだったんだけど・・。
うん。たしかに、男性にはうけないってことはわかってる。
私は、女性に言いたいことがあるのです。この本は、そのために作りました。
なぜ私がトゥトゥの話をおもしろいって思ったかというと、
彼女の考え方って、ある種の女性たちにとっては、ものすごい救いになると思うから。
こういう考え方があるということすら知らない人たちにとって、それは意識を変える手助けになると思う。
実は、彼女の男性観を読んで、男性が感じる気持ちっていうのは、ずっと、長いこと、女性が味わわされていた気持ちでもあるんだよね。たぶん。
そういうの、考えながら聞いてると、私はすごくおもしろい。
実際に世の中をポーンと変えてくれる人って、不倫がどうとか、フェミニズムがどうとか、女性解放がどうとかって、必死になって壁の前で熱く戦ってる人じゃなく、壁そのものが最初から目に映らなくて、どんどんやりたいことやってて、えっ？ これのどこかへン？ え？ 壁があったの？ どこに？ って言う彼女みたいな人なんじゃないかなって思う。本当の革命家、真の開拓者って。
男と女の意識って、住んでる国や時代によってずいぶん違うんだろうけど、その中でおさまる人もいれば、どうしてもはみだす人もいて、先に走ってく人が、新しい道を切りひらいてくれれば、胸に希望の火がともって、それについていける人もいる。
たった今も、苦しい状況から抜けだせず、望みもなく、暗く沈んで

る女性もいるかもしれないけど、大丈夫と、言いたい。ここにすっごい前向きな、トゥトゥがいるよ、って。
彼女って、とんでもない経験をいっぱいしてるのに、なんにも覚えてないくらい、明るいし、今だって毎日忙しくて、どんなにか大変そうなのに、(たまにがくっと力が抜けてることはあっても、)基本的には元気だから。
たぶん彼女は、いきなり地の果てに連れてかれても、すぐに今夜の薪を拾い始めるだろう。子どもを脇に抱えて、かつ、女らしさも失わず。
どこからダニエル・デイ・ルイスみたいな男が飛びでてくるかわからないからって、案外ワクワクしてるかも〜。

男がいいとか、女がいいということではなくて、同じ人間なんだから、楽しくやろうよ、って思う。深刻にならずに、けど、軽くも見ずに。
トゥトゥが本当に言いたいことって、私も頑張るから、成長するから、あなたも頑張って成長してね、そんな素敵な、尊敬しあえる人になろうね、ってことだよ。たぶんそれだけ。
(う、違ったりして!)
男だからこその楽しみ、女ならではの楽しさを、それぞれに楽しんで、男と女がお互いに、憧れあえれば、素晴らしいのだと思う。
男もおもしろいだろうけど、女もおもしろい。
このおもしろさを、生きようよ。

4月11日（火）車の中。

不倫

『お腹大きくなったから、まわりの人が、けっこう、父親はだれ？って』
「ああ〜。もしかして、自分かも、って？」
『でもそれは、その頃、エッチしたかどうか、自分でわかるよね』
「そうだよね・・・。じゃあ、アイツかな、とか、詮索してたりして？」
『そうそうそう。この話題になって、父親はだれだろうって、なったらしいのよ』
「どきどきしてる人いたりして（笑）」
『女の人は、けっこう、心配するふりして、興味津々で、聞いてきたり』
「ああ〜」
『嫌よね〜。ちょっと聞いたんだけど〜って。だいじょうぶ〜？なんて言いながら。
ひとりだけなんにも聞かないで、おめでとう〜、いいなあ〜、赤ちゃん、私も欲しい、って、言ってくれる人がいたけど』
「その反応で、わかるよね、どんな人か」
『そうそう。そうよね。
・・・・先週、友だちの披露宴に行ったのよ』
「うん」
『新婦側にひとり、いいなっていう人がいて』
「うん」
『いつもまわりにいるガテン系じゃなくて、アーティストっぽい人。その人だけ違う感じだったのよ。一生懸命お腹引っ込めたんだけど』
「ハハハ。もう、7ヶ月だっけ」

『ブーケ投げる時、行け行けってみんな言ったけど・・・』
「一応、独身だもんね」
『こんなお腹じゃ、さすがに行けないし、ずっと食事してたわ。2次会にも行かなかったし。足がむくんで。早く、産みたい〜』
「ハハハ」
『友だちが、最近、不倫してるらしくて、不倫はどうかな〜？ って聞くのよ。20代後半の、すっごく綺麗な子なんだけど』
「うん」
『不倫ってわかってて、するんだったらいいんじゃない？ って言ったら、でも、つらいよね〜、って言うのよ。不倫ってつらいって、私、思ったことないから・・』
「うん」
『その彼に会ったことないから、どこが好きなのかわからないけど、いろいろ話を聞いてると、自分の知らないことを知ってるところがいいらしい。おいしい食事、ステキなお店、ステキな会話・・、確かに、知らない世界を知ってる人はステキに見えるけど、それだけじゃ飽きるのよね〜。おいしいとこ知ってるだけじゃ』
「ああ〜。その人っていうより、その状況に、恋してるんだよね」
『帰るところのある人と恋愛するのってきついよね〜、って。でも、それ、わかってするんでしょ？ おいしいもんいっぱい食べに連れてってくれるからいいんでしょ？ それだったらそれでいいじゃない。独身の男で、いろいろ連れてってくれる人なんていないよ、って。この年で、不倫してたら、私だったら、そんなに悩まないと思う』
「え？ 独身だと、連れてってくれないの？ より自由じゃないの？ いろんなとこを知らないから？」
『シャバ慣れよ』
「・・・・経験？」
『ああ、そうそうそう（笑）。シャバ慣れって、やっぱりそれなりに自由に使えるお金がないとできないから、けっこう地位的にも上の

人!』
「ふ〜ん。経験がないとね」
『・・・シャバ慣れ・・・(笑)』
「・・・・・・」
『おしゃれにますます目覚めたりしてて。・・・やっぱり恋すると変わるんだなって思って』
「楽しいんじゃない? 特に今。でもそれを維持するのが大変なんだよね。その楽しさを」
『そーなのよ! ハハハ』
「私は、やっぱりね、半・・・、ど、どれくらい続く? あ、でも、前、長くつきあってた人とはけっこう維持してたよね」
『それがそのうち、苦痛になってくるのよ。肌の維持とか、体型維持してるんだけど、食べる時はいっしょに食べなきゃいけないしね』
「ああ〜」
『それがだんだん苦痛になってきて・・。
私のこと、痩せてなきゃいけないっていう人じゃなくて、中身がいいっていう人がいい。そういう人じゃないと、好きになれないし、長くはつきあえないと思う』
「若くてかわいい子がいい、ってだけだったら、絶対、次の人に行くよね」
『そうよ』
「私はやっぱり、人の、思考回路が、いちばん興味深い。代われないじゃん、それって。他の人と」
『うん』
「それだったら、その人だけのものだから。
そういうのがいいなと思ってるの。思考回路を好いたり、好かれたり。
トゥトゥって、すごいおもしろいのにね。なんで、このおもしろさがわかんないんだろう。私だったら、離さないのに」

『ハハハ』
「ハハハ」
『英会話を、頑張って、外人、探そう』
「日本人は、もうむずかしいかな？」
『言葉さえクリアすれば外人なんかへっちゃらなんだけど。ストレートに言ってくれるし、太っててもＯＫみたいだし』
「ああ、ぜんぜんね」
『痩せてる方が、なんか。
・・・・ご飯食べた？』
「食べてない」
『何、食べる？』
「いいよ、どこでも」
『スタバでもいい？』
「うん。・・・そこじゃないよね、サーファーと行ったの」
『違〜うよ。サーファーは、もちょっと別のところ。ここらへんにはさすがに。島だから』
「ハハハ」

結婚の対象

『仕事上の知り合いの人から電話がきて、恋愛と結婚と出産は別だ、って言ったら』
「うん」
『なんか、そんなふうにいつも言ってたよね、だから、よくわかるそれ、って。今、妊娠の事を聞いても、別にえーって思わない、って。たしかにそれが正しい選択だったと思うよ〜って』
「男の人？」
『うん。
ま、子どもはさ、宝だから大事に育てろよ、って。その人、子だくさんなわけよ』

「ああ」
『なんで結婚しないの？ って。だから、恋愛の時はいいんだけど、結婚となるとちょっとね、って、結婚となると違う目線でしか見れないって言ったら、そんな男はいないだろうって』
「え、どういう意味？」
『恋愛の対象になる男はたくさんいても、結婚の対象になる男はいないかも、って』
「トゥトゥにとって、ってこと？」
『そう』
「ああ〜〜〜。結婚の対象としてお眼鏡にかなうって、どういう人？」
『え〜、わかんない』
「恋愛とどこが違うの？」
『うーん・・たぶん・・・尊敬できるか、できないかとか・・・年収も関係ある！』
「ああ」
『恋愛だったら、いろんなタイプの人にひかれるけど、結婚は別よね。現実的に考える』
「今まで、結婚したいと思ったことあるの？」
『17〜18のただ好きって思ってた、恋愛＝結婚みたいな時期の・・、あれ以降、ない。ポーちゃんのパパに言ってみたことがあるけど、鼻で笑われた』
「むこうが何枚も上手って感じだったもんね」
『それからは全然。恋愛だったら、我慢もできるけど、結婚で我慢したくない』
「うん。結婚は長いもんね。毎日の生活だし。そこで我慢しなきゃいけないとなると、苦しいよね」
『我慢を我慢って感じさせないような人だったらいいのかも。・・・みんなよく結婚するよね。あれって、恋愛の延長線上に結婚があるのよね』

「うん。だいたい、そういう人が多いと思う」
『私は、恋愛と結婚は別なのよね・・・、なんですぐ好きになっちゃうんだろう・・・』
「そこがいいとこだと思うけど」
『それよりも私、もう男はいらないですね、っていう言葉がひっかかってるから。
私、もう、恋愛、しなくてもいいのかな？ って』
「(笑) そんなことないって。あ、あれはね、菅原くんが間違ってるのよ。
ショック受けてたから、フォローの言葉をお願い、って言ったのよ。
そしたら、そのフォローの言葉がまた」
『フフフ』
「ははは。・・・安心しました。だったら男の絶滅は、まだ先ですね。だって」
『ハハハハ』
「わかってない・・・」
『その人の理想の女と違うのよね、私が』
「うん。もうそのメール、使わせてもらう。テキストとして」
『フフフ。絶滅ね・・・。でも、その言葉も、なんか素敵』

SAW

「男も、いろいろだよ」
『SAW、見た？ SAW。怖いの』
「見た。今、SAW 2 を借りてる」
『両方、いっぺんに、日曜に見た。怖くなかった』
「2のこと、言わないでね。
ご飯中に、2を見始めたら、子どもらが気持ち悪がっていやがって、途中で消した」
『気持ち悪いよね。自分をちゃんと持ってないと流されるよね。ハ

ハハ。生き残るためには、ちゃんとした精神力を持ってないといけないよね』
「ポーちゃんの時も、妊娠中にホラー、見てたね」

『ポーちゃんが、新学期になってから、妙に反抗期？　もう、必要最低限の短い単語だけ。何聞いても、しらない、うん、のふたことだけ』
「ああ。でも、その時期だよね」
『そう。私も一緒になって、対抗してる。とか、無言？』
「ああー。わかるわかる（笑）。先にしゃべった方が、負けなんだよね。なんかね。悔しいんだよね、折れたりするの」
『いけないと、思いながらも（笑）。・・・でも、ふつうにしてないと、いけないんだよね』
「うん。過剰に反応しないようにしないと。ふつうのことだと思って。
でも、それが正常だと思うよ。
うちは、カンチは生まれた時から反抗期みたいな子だったから、かえって最近は、話も通じるようになって、時々、仕事の相談とか、してる。仕事の話の時だけ、やけに静かに聞いてくれるの。そうなると、私も話したくなるし。
私　　『今、すっごくしたい仕事があるんだよねー！　これこれこういうのなんだけど』
カンチ『えーっ！』
私　　『でも気をつけないとね。こうこうなんないように』
カンチ『そうだよ』
私　　『なんか、これこれこういうのをって』
カンチ『でも、それにとらわれないで自由にした方がいいんじゃない？』
・・・なんて感じ。
でもなんか、私が仕事するのは、うれしいらしい。しっかり稼げよ、

みたいな気持ちで見られてる気がする。そん時だけ、おやじの感じなんだよね。・・なんか、ナナメ後ろから」
『ハハハ』
「・・・学校で、ギター習ってて、ゆずが好きだから、ゆずの楽譜集買って、って。アマゾンで注文してあげて、まだ？ まだ？ 今日来る？ 土曜日までには来るよね？ って」

「マスタードチキンとポテトのサラダと、ハム＆チーズホットサンドと、コーヒーにしよう」
『私、スターバックスラテとチーズスフレ』

『私、いつも横並びに座るのよ。テーブル2個で』
「ああ、いいじゃん」
『だから、他のお客さんに、にらまれたことがある』
「でも、今は、空いてるから大丈夫だよ。ガラガラ。私も、横並びが好き。いちばん好きなのは、45度」
『フォーク、ある？』
「あ、これか」
『アリガト』
「・・・・」
『・・・春ねえ、もう』
「うん」
『おいしー、これ』
「植物系の人と相性が合うって、言われてたじゃん」

植物系

『うん』
「そうかもよ」
『なに？ 植物系って。なよなよしてるってこと？』

「いや、なんか」
『芯がしっかり？』
「私のイメージで言うと、なよなよっていうよりも、頭が悪くない、感じ」
『あ〜あ。・・・・あ〜あ、って(笑)』
「ちょっと文学青年っぽい」
『嫌いじゃないけど・・・、見た目、なよなよしてたら、イヤよ、私。中身が植物系ならいいけど』
「見た目は、意外とカッコいいんじゃない？」
『ならいいけど。
(ガラス張りの外を歩く男たちを見て、)変な人しかいない・・・』
「ハハハ」
『最近、足がつって。朝。・・・こむらがえりだっけ？ 決まった時間にビーンと右ふくらはぎがつって、痛いのなんの。
私、きのう、ＤＶＤ、買ったのよ。デスティニーズ・チャイルド、って、ビヨンセとか、女性３人組』
「なんの？」
『コンサートのなんだけど。なみだがでてきた』
「なんで？」
『あんまりにも切れのいいダンスとか見てて、うらやましくなって！・・・だって今、そんな動けないじゃん』
「それを見て？」
『泣いちゃった』
「悔しくて？」
『悔しいのかもしれない(笑)』
「あこがれて？」
『うん。それもあるかも』
「だって、あと、もいっときじゃん」
『そうなんだよね。そしたら、また、体をもとにもどす・・・』
「やりがいがあるっていうか、楽しみじゃない？」

『ねえ。痩せれるかな・・。最近不安です』
「出産したらさ、また、勘をとりもどしたらさあ、その時にどんな人と知り合うのか楽しみ。ちょっと変わるんじゃない？」
『そうなのよ』
「見る目が変わったりして」
『でも、・・・しばらくは出られないよね』
「ハハハ」
『ハハハ』
「そうだよね、いくらなんでもね。こっちはその気持ちでもね」
『そうなのよ』
「みんな知ってるしね」
『うん』
「じゃあ遠い街に？」
『出会いね・・・』
「ちょっと、行こうか。沖縄かどっか」

友だち

『・・・男友だちから、まずいっぱい作っていかないと』
「あたらしく？」
『新規』
「でもさあ、友だちと、つきあう人って、違くない？」
『その中から、選ぶようにする』
「結婚するとしたら、友だちからでもいいかもね」
『ああ・・・。恋愛はねえ、もうビビビだもん。なんかいいと思ったら、だもん。
友だちをたくさん作って、その中から、だんだん好きにって・・・。
すぐ好きになる人と、じ〜っくり時間をかけて好きになる人と、いるじゃない？』
「じっくり、ってあった？ 今まで」

100

『ない』
「やっぱり、すぐ？」
『なんでだろう。せっかちかな？』
「私もけっこう、すぐ派」
『ハハハハハ』
「なんかね、友だちから好きになることって、私はなかった。つまり、最初見た時に、好きになるか、友だちか、種類が完全に分かれるみたい」
『ああ〜。そうだよね。なが〜くグループでつきあったり、みんなでワイワイ言いながら、・・・・ありえないね。やっぱ、ビビビだな』
「でもさあ、こういうこと、あるんじゃない？ そのグループの中で、自分は好きじゃなくても、向こうからだんだん好かれてたってこと。それはない？」
『ないなあ〜（笑）』
「向こうも、最初から？」
『うん。どっちか、だもんね。・・・そうよ、つきあおう、ってすぐつきあって、つきあいながら、お互いのいいところ、悪いところとか知って、・・・それが恋愛だもんね。なにもかも知ってからっていうのだったら、それ結婚でいいもんね。
ジャンクスポーツ、見てる？ 日曜日にやってるやつ。浜ちゃんが司会やってる』
「見てない」
『アスリートの美人妻かなんかで、サッカー選手とか、格闘家とか、野球選手とか、いろんな人の奥さんがでてきて・・・。うわっ、いいなあ、って思ったのが、モデルしてるマリアっていう人、顔がベッカムの奥さんそっくりなのよ』
「うん」
『その人が、雑誌の撮影で、格闘家の人と写真を撮って、そこはその場で終わったんだって。で、何ヶ月後に、たまたま車を運転して

て、お互い隣同士の車線で偶然会って、覚えてる？　ってなって、携帯番号を交換して、次の日から一緒に住み始めて結婚して、今、子どもがふたり』
「・・・縁があったんだね」
『そうよね』
「簡単でいいね」
『ねえ！　そうでしょ！（笑）』
「・・・あれこれ考えるのって、イヤだよね」
『いやー！』
「フフッ。よくあるじゃん。恋の悩み相談。信じられないよね。好きか、嫌いしか、なくない？」
『そうよ』
「好かれてるか、嫌われてるか」
『うん』
「なんかさあ、いろいろ画策してさあ」
『そこに情があるからややこしいんだよね』
「・・・なにが？」
『だから悩んだりするんじゃない？　長くつきあうと、情が移って別れられないって言うけど、あれがわからない。暴力ふるわれてても、やっぱりそこに帰っていくとか』
「ああ。そうだね。供依存ってやつ？
その前の段階でさあ、好かれてない人から好かれるにはどうしたらいいか、っていう相談ってあるじゃない」
『ああ〜』
「そうしたらみんなアドバイスしたりするでしょ。こうしたらいい、ああしたらいいとかって」
『アハハハハ』
「あれ、バカみたいだよね・・・」
『ハハハハ』
「ねえ」

『アドバイスしてもねえ〜・・・』
「あれって、本気でやってるんじゃないよね」
『え？』
「相談番組ってあるじゃない。よくテレビでさ」
『ああ〜。本気じゃないよね』
「冗談だよね」
『本気で悩んでる人は、たぶん出ないと思うけど』
「だよね。テレビに出たい人が、出るんだよね」
『うん・・』
「・・・・・・・・本気の人もいたりして・・・」

『私、恋愛するって、・・・出産したら、恋愛するって言ってるけど、たぶん１年ぐらいはできないよね。・・・保育園に預けて？ハハハ』
「そういう気持ちにならないかもね。しばらくは」
『おっぱいあげてる間は、って言うよね。でも母乳はあげないから。おっぱいあげてると、絶対そういう気持ちにはならないって。(ガラス張りの外をベビーカーを押して歩く人を見て) あんな若いお母さんたちばっかりだから・・・(笑)』
「ハハハ」
『外、出る時、ポーちゃんを連れていこう！ これが初産と思われるのも、なんかイヤだし！ (笑)。
最近ますます、食べ物がおいしいのよね。何にしても。オレンジとかスイカなんて、特にもうフレッシュ！
そういう時期よね。だから太るのよね、一気に。今からラストスパートだよね』
「でも俳優とか女優って、役で太ったり痩せたりしてるでしょ？あれができるってことは、あれよりも自然なことだからさ」
『でも痩せることって、努力しないとね。マイクロダイエットと〜、運動と〜、エステ』

「・・・・　しわしわになってたりして（笑）」
『それがあるのよね。痩せたらしわしわになるのよ』
「そこらへん、微調整しながらね。あんまり、痩せたからいいってわけじゃないから。ある程度は、ふっくらしたところもあった方が」
『めりはりはあった方がいい。最近、自分が太ってるせいか、あんまり痩せた人を見たら、魅力的じゃないと思ったりするのよね。・・・かわいかったね、辺見えみりの結婚式の写真』
「見てない」
『旦那さんは、あいかわらず、ぶすっとした感じで』
「おもしろいよね、キム兄」
『すごい、なんか、しあわせそうな笑顔だった』
「辺見えみりって、なんか、老成してるっぽいよね」
『うん』
「見た目は、ただの入れ物だから、って言ってた。
そしたら、こないだ映画みてたら、同じようなこと、外見は関係ないみたいなこと、主人公の女の子が言ってて、それを聞いた男の子が、きれいだから言えるんだよ、って。ああ、そうかもなあって思った」

『授業参観があるのよ。今度。ポーちゃんが、来ないで、って。お腹がおっきいから、言いづらいのかな〜、って。来ないで、って言うから、行かなくていいよね』
「うん。私は子どもの希望で。来て、って言われたら行くようにしてる。上の子は、もう言わないだろうな。下の子は、来てほしがるから、行ってる」

おむすびカフェ

『私、おむすびカフェをしたいのよね〜。おむすびだけ。おむすび

と、漬物と、みそ汁』
「あそこで？」
『うん。3種類ぐらいのおむすびを、月替わりで』
「いいじゃん」
『でもそれを言うと、みんな引くのよ、スタッフが。無理ですよ、それ、って。引くっていうか、反応がない時は、たぶん、無理じゃない？　って』
「ダウンサイジングだからね。逆だったら、みんなワーッと行くと思うけど。抑える方向に行く時って、みんな躊躇するもんね。でも、それをしたい、ってなんで思ったの？」
『簡単』
「ああ～・・」
『いちばん、なんか、続きそう。だって、ごはん、って絶対必要。お米はね』
「でも、需要はある？」
『まあ～。あそこらへんの人口からすると、ないでしょうね～（笑）。女の人には、うけるんじゃない？』
「ああ。女の人って、そんなにたくさん食べなくてもいいしね」
『全部、手作り。お味噌も手作りだし。いいと思うよね？』
「じょじょにやっていけば？」
『でもみんな引いてる・・・（笑）』
「だから、試しにやってみて、もしウケたら、やるってことにしたら？」
『そういう場合は、分量もきちんと管理した方がいいよね。グラムで』
「実際、やり始めたらね」
『うん。10代のころ、ほか弁でアルバイトしてた時、おにぎり。ほら、木の型にはめこんで作ってたもん。
お米と、のりと、塩と、漬物、全部手作りにしたい』
「おいしそうじゃん」

『いいな〜と思って。いちばん簡単。もうワンプレートに、野菜サラダのせて、おむすびころりんを、ふたつかみっつのせて、みそ汁だけ。なんの苦痛もないわ』
「それだったら？」
『うん。メニュー考える苦痛もないし。やっぱ、仕入れがね。・・・それだったら長く続けていけそう。今やってる日替わりなんて、やっぱ大変だもん。普通の一般の家庭の主婦ができるようなものから始めないといけないよね。作ってて無理があると思ったら、もうダメよね』
「うん。でも、練習にはなるよね」
『料理は上手になるよね』
「手際とかね」
『それだけが唯一の、楽しみ、じゃないけど』
「利点」
『うん』
「ねえ、赤ちゃん産まれたら、赤ちゃんをそこに置いて、みながら仕事するって感じ？」
『うん』

『私、でもなんか、プロデューサー的な人がそばにいた方がいい』
「仕事に関して？」
『うん。ああしてこうして、って。きのう、そのＤＶＤをみて、泣いたのは』
「うん」
『ビヨンセの彼氏は、けっこう有名な黒人のプロデューサーで、その人に出会ってから、すごい成功してるわけよ』
「そういう人がいい？」
『それ見て、私、うらやましーくなっちゃって（笑）』
「じゃあ、そういう人を探せばいい」
『ぜひ探したい！ けど、多分、むずかしいと思う・・』

「協力してやってくれる人がいたら、いいかもね」
『うん。いいな〜やっぱり。ひとりで生きていくなんて、きついな〜なんて思って。なにも生活の面倒をみてくれなんて言わないからさあ』
「アドバイスしてくれたり、精神的なささえね」
『そうそう』
「こういう人がいいって、言っとくと、出会うらしいよ」
『ウソー！』
「そういう人を知ってる人が、教えてくれるんだって。私も、言おうと思うんだけど」
『ハハハハハ』
「想像しようとしても、私の場合、想像力に限界があるんだよね」
『ああ〜』
「どんな人がいいのか、さっぱりわかんないのよ。知ってる形におさまんないから。新しく作るしかないみたいで。結婚でもないし、普通の恋人でもない気がして、なんか、複雑な、不思議な関係のような気がする。それしかありえないかも」
『外人は？』
「言葉が通じないといやだ」
『日本語ぺらぺらだったら？』
「うん・・・、どうだろう。外人、あんまり知らないんだよね」
『外人がいい』
「なに人がいい？」
『最近、北欧の人がいいなと思って』
「考え方、ぜんぜん違いそう」
『ねえ。・・・北欧って、どこ？（笑）』
「ノルウェーとか、フィンランドとか、ヨーロッパの北の方。寒くて・・シンプルっぽい？」
『・・・・英語よね？』
「え？・・・知らない」

『ハハハ。
・・・ホント、出歩かないと、出会いなんて、ない』
「・・・出歩いて、あるのかなあ」
『場所によるよね。・・・なにかアクションを起こさないことには、出会いはない。新しいところ・・・』
「だって今まで知ってるところには、もう行けないよね。出産後は」
『行けない。全然、行けない』
「ちょっと遠くに、友だち、いる？」
『いるわけないじゃん！』
「ハハハハ」
『友だち、すくな〜い』
「ハハハ」
『まず私、同級生と会うことすら、ないでしょ。いやなのよね。いろいろと、なんか、言ってくるじゃないけど、ものめずらしそうに』
「うん」
『ヒマだから、そういう話題性があるところにね。
ホント、変な人ばっかりよ。過去の栄光・・昔、ブリブリいわせてて、それをいまだにひきずってるっていう。一緒にご飯食べ行ったり、飲みに行ったりしても、昔そのまんまで、いばり散らすような人』
「ああ〜」
『私がいちばん、って感じで、ホント、ええ〜って。・・・いつもひいてしまうし、私が立派に見える』
「ふうん」
『・・最近、お腹が出てきたから、もうわかるでしょ？　時々、街で同級生にばったり会うのよ。で、みんなお腹みるけど、だれも聞かないのよね。で、元気？　って言って、またお腹、ちらって見てるの』
「ふふふ」

『私もなにも言わないし・・』
「聞かれたら言うの?」
『うわさって、自分から言っちゃったら、伝わるのが早い気がするのよね』
「ああ! そうだよね。お墨付きもらったみたいでね。黙ってると、事実関係がわかんないし、他の人に言っちゃ悪いかなって思って自粛する人もいるしね」
『そうそうそう。だから、ああ〜、なんて適当に答えてた方がいいかな、って』

夢、貝殻拾う

『きのう、私、石垣島(いしがきじま)に行ってる夢、見た。貝殻とか拾ってる』
「ホント? ちょっといいじゃない」
『でも、なんか変だったよ。ホントに石垣島かな〜、っていうような(笑)』
「沖縄もいいかもよ、将来。みんなで」
『老後?』
「お店とかしながら」
『「恋愛適齢期」、見た?』
「うん。前ね。砂浜がきれい、って言ってたよね」
『何回も見ちゃった。また見た』
「私、あれ別に、なんとも思わなかったけど」
『いいなあ〜と、思って』
「そう? それ、どっちの・・・、どういう気持ちで見てた?」
『住みたい・・。あそこ住みたいって』
「ああ」
『ああいうシチュエーションがほしい』
「でも、あれなんか、中途半端な終わり方じゃなかった? ハッピーエンドっていうわけでもなくさあ」

『ハッピーエンドだよ。だってほら』
「おかあさんとくっついたんだっけ」
『うん』
「だったっけ。全然おぼえてない」
『そう。そして、娘が、違う人と結婚して、孫が産まれて、5人で食事に行くところで終わったのよ』
「そうなんだ」
『いい〜なあ〜、って。けっこうリアルじゃん。ありえるよね、っていう。現実味が』
「・・・・キアヌ・リーヴスが、カッコよかったような・・・。役どころはパッとしなかったけど」
『(赤ちゃん、)すっごい動く。気持ち悪い〜。ぱかって頭が、骨盤に頭がはまってるんじゃないかな、っていうくらい』
「私の手に動いてくれないかな」と、さわる。うーん、動いてくれない。
『どうしよう。五体満足じゃなかったら』
「大丈夫だよ」
『大丈夫かな？ それが心配〜』
「けっこう心配性だよね。前も、電気工事の人が家にきた時、怖い怖いって言ってたじゃない。変なところでおびえるよね」
『そうそうそう（笑）。変なところで、小心者なのよね。なんなんだろう』
「そういう性格なのかな」
『ポーちゃんなんか、全体的に小心者。・・・あと、鬼瓦権造みたいな顔だったらどうしようかなとか』
「たのしみだね〜。なんかさ、おとうさんの顔を知らないだけに、よりいっそうたのしみなんだけど。ほら、どんな子がでてくるかな、って」
『ああ〜、そうね〜（笑）』
「いたらだいたい想像つくけどさ。おたのしみ、って感じ」

『その人に似てたら、憎んだりするんじゃないの？ なんて、おばさんが言ってたけど』
「ハハハ」
『思うわけないよね。そういうこころを持ってるんだったら、最初から産まないって！』
「私だってさあ、離婚したけど、子どもはかわいいもんね」
『そうよ。子どもはまた別よ』
「憎むんだったら、産もうとしないよね」
『いつも行く美容室の人も、バツ１で、好きで結婚したけど、別れる時はもうすっごい嫌いで別れたんだって。で、子どもはしぐさとかやっぱり似てるって、だから、なんで似るの？ ってイライラしてくるって。今はいいけど、もう・・』
「そういう話、聞くよね。でも、別れた人を嫌いになる状況を作ったのも自分だからさ」
『おたがいさまかしら・・・。
家庭を持ってる人を見て、うらやましくないの？ って。・・・そういうことはない』
「うらやましいって気持ちをもつような人は、最初からそっちをめざしてると思う」
『ねえ。逆に、大変そう〜、って思う。マイペースで自分の好きなように生きてる方がいい・・・』

夫婦

「私も、夫婦って大変そうだと思うけど、こう思うのは少数派だよね」
『そうね』
「みんなそう思わないから結婚してるんだよね」
『まあ、理想でいえば、大変って思わないような相手がいたらいいけど。お互いに、尊重しあって・・』

「そう。夫婦でも、大変そうじゃない人がいっぱいいたら、私も、もっと好印象を持つと思うけど、なんか、ケンカしたり、会話のない夫婦をよく見るから、イメージ的に、あんまり憧れないっていうか・・」
『うん。親戚づきあいも、見てたらすごい大変って聞いたし。できないな、私は！』
「親戚の悪口なんか、聞きたくないのに、言ってる人の話、聞くと、やっぱりイヤなのかな、って」
『ねえ。私、我慢してまで夫婦生活、しなくてもいい』
「でも、ああいう人たちは、たぶん、そうせざるをえないんだよ。そういうふうにしか生きられない。・・・ま、あっちから見たら、同情するべきは、こっちなんだけどね」
『そうね〜。ハハハ』
「だから違う群に、なっちゃうんだよね。共感しあえないでしょ？違う種類なんだよ。生き物としたら」
『いやあ〜。そうだよね〜・・・』
「社会学の先生が、こんなこと言ってたよ。女性は、若い時に、20代前半ぐらいの、まだこだわりのない男をつかまえて、自分の色に染めるのがいいって」
『ああ〜、マインドコントロール？』
「うん。それがいちばんいいんだ、って。でも、それ逃した人はどうなるんだろう」
『そうね〜、でも、それ、いい男って、・・・気づいてつかまえるのかしら・・・違うよね』
「勘、かな？　だから、結婚は博打だって言うのかな。だったら、お互いにだよね」
『いい男って、出来上がってる人見て、いい男ってば、思うけど・・・』
「自分っていうのがまだはっきりできてない、こだわりのない人をつかまえるっていうことは、女の人が自分が望むこだわりを、洗脳

していくんだろうね。それとはわからせないようにして、自分好みに調教するんじゃない?」
『それ、おもしろいけど、私には無理。それに詐欺っぽい』
「ハハハハ」
『でも、いるよ。ひとまわり若い男の人で、男は初婚なんだけど、女の人はバツ1で、なんで? っていうような女の人。全然身なりとかかまわないような感じ。相手がなんにも知らない時に知り合って』
「でも、その男の人は満足してるんでしょ?」
『そうそうそう。その人が、基準、なのよね。お互いにしあわせにしてる』
「ああ〜。いいね」
『ハハハハ。・・・・20代は、ちょっとね〜。20代でも、28までかな、私』
「私は、何十代でも、無理かも」
『ハハハ』
「年下も、年上も、同級生も、イメージわかないし。なんか、何十代にも、いない感じなんだけど。・・・そういうのを超越してたらいいのかな?」
『そうよ』
「想像できないんだよね」
『う〜ん・・・』
「人間じゃなかったりして」
『え? どういうこと?』
「本とか、小説の主人公だったりして」
『ハハハ』
「映画の中の登場人物とか。生きものじゃないかも。・・・・でも、それもひとつの手かな? なんて、最近、思い始めちゃってさ」
『なあに? それ、って』
「だから、心の中で、そういうものに強く憧れながら、それを支え

にして、現実生活を頑張るっていう。私はね。
トゥトゥは、あくまでも、生身の人間だと思うけど。私は、なんか」
『お互い、いい関係でいられる人がいい。求められ、求め続けられる、っていうような。海外なんとか事情、なんか見ると、みんな、週、2〜3回、エッチしてるって書いてるのよね・・・』
「！ やっぱり考えは、いつもそっちへ。・・・それ、一緒に住んでるケース？」
『うん』
「どうしたらそんな、新鮮さを？」
『ねえー。だよねー。文化の違い？』
「一緒に住んだら、なんか、よっぽど、お互いに律してないと」
『しかも何年もつきあってても、やってるって。・・・なにィー！って（笑）。
まあ、日本人って、SEXを大事に思ってないみたいだし、SEX＝欲求のはけ口と考えてる人がほとんどじゃないかなあ〜。
それに、浮気したら、絶対、別れるっていうのが、もう向こうの常識。私も、浮気されたら別れるし、私が浮気したいと思ったら別れる』
「ふ〜ん」
『日本人って、いいですよね？ って。浮気しても、って』
「あたりまえだから我慢する？」
『男だから仕方ないとか、私にも非があるかもしれない、とかって言って。
でも私も、浮気された時点で、やっぱ、いやだなあ〜。だって、好きじゃないわけじゃない？ 私のこと。好きでも、他の人に気がいってる、ってことは・・・、少しでも誰かに気がいったら、私、イヤ〜。私だけを、見といて、って。ということは、日本人以外が、私にピッタリかも。そのために英会話レッスンを』
「・・・一緒に住んでても、できるのかな？ そのテンションを保つ

って、・・・お互いに」
『お互い、努力しないとねえ』
「うん」
『それがいい。それで、死にたい。私。ふふふ』
「でも、外人にはいるよね。仲よさそう〜なさ」
『う〜ん・・。外人が・・・いい・・・』
「あと、あのさ、ウドちゃんと、天野くん。キャイ〜ン、か」
『うん』
「あのふたり、知ってる？ すごい仲いいの」
『ハハハ。知らない』
「きのうのテレビ、見てたらさあ。ウドちゃんって、天野くんのこと、すっごい好きなんだって」
『はあー』
「すっごいすっごい好きなんだってよ」
『なんなんだろうね。ウドちゃんって、ちょっと動物っぽいっていうか、いぬみたいっていうか、そういうんじゃない？ ご主人が大好き、みたいな』
「ちょっとしあわせそうだったの。ここまで人を好きになれるのか、って」
『そこにいやらしさも、なにもないわけよね。本当に、好きだから一緒にいたいっていう』
「うん」
『でも、ウド鈴木でしょ？（笑）』
「へ？」
『変な頭の人でしょ？』
「うん。・・・私、あんなふうに思ったことない、思えないもんなあ〜。あんな、ウドちゃんみたいに、人をそこまで好きになるってさあ」
『あ、そうね。私も、好きになったら、その分、返すけど。見返りを求めない好きさは、ないかもしれない。見返りを求めて人を好き

になることはあっても』
「なんにもなく、ただ純粋に、好きっていう気持ちだけが集まってる好きって、ないもん。他の気持ちがいっぱいあるからさ。百分の一ぐらいかな、好きって。他のことを入れたら。いろんなことをごちゃごちゃ考えすぎてるからさ」
『ああ』
「好きは好きだけど、それは、こういうこういう好き、みたいなさ。そんな複雑なのって、いやだろうな」
『なんで？』
「相手から見たら」
『でも、それって、相手、わからないんじゃない？』
「でも態度に現われると思わない？・・・そういうの」
『そうね。・・・・でも、ダメよ、そういうことじゃ』
「え？」
『なんちゃって』
「ていうか、わかんない。また、こういう話になるとさあ、・・・想像で言ってるからね！」
『ハハハハ』
「ハハハ。本当とちょっと、いや、かなり、違うんだよね。やっぱ、想像しながら言ってるからさ」
『妄想は、私も激しいよ。・・・妄想大好き！ 最近の妄想は外国人とつきあってる私！
やっぱり、英会話レッスンを頑張るわ〜』
「やっぱり、心は外人に向いてるんだね？」
『そうなんです。よく街で見かけるから、どっから来たの？ って話しかけた〜いって思うけど、そのあとの話が続かないから、やっぱやめとこう、ってなっちゃう。そうすると、全然チャンスをいかしてないわけで・・もうそのまま』

落ちる

『私、自分で落ちるのはいいけど、つきあってる人にひきずり落とされるのは、イヤだな。
恋に落ちる、じゃなくて、奈落の底に落ちるっていう意味で』
「今までので、落ちてないから大丈夫だよ」
『そうよね。・・でも、実は落ちてるんだけど、気づかないとか』
「ハハハ。・・だとしたらそれ、落ちてないってことじゃない？」

「ここって、スーパーマーケットとか、ある？」
『あるよ。下に』
「晩ご飯に、お寿司買って帰ろうと思ってるんだけど、家の近くで買った方が、いいか」
『お寿司はね』
「うん」
『私も、買い物いっぱいしてきて、って』
「なに買うの？」
『トンカツ。1枚100円のトンカツ。火曜日だから。100円だったかな、150円だったかな、安いの。それを買いだめするの』
「え、冷凍するの？」
『冷凍しとく』
「どうやって解凍するの？」
『チン。か、そのまま揚げる』
「揚げる前のか」
『揚げて、カツ重にしたりして、食べる。こんなぶあついの』
「・・・行く？　じゃあ。・・・この残りのパン、チャコに持って帰ろう」
『カンちゃんじゃ、ないのね（笑）』
「ハハハ」

最終的

「ここまできたら、最終的にはどうなりたいの？」
『いっぺん、外人と結婚しないと、納得いかない』
「外人と・・」
『やっぱ、英会話だわ。コミュニケーション』
「つきあうだけでなく、たぶん世界も広がるし、いいかもね」
『羽ばたいていく』
「外国にね」
『ハハハ』
「私は、・・・・私もなんか、羽ばたきそう」
『ハハハ』
「外人と結婚はしないけど、羽ばたくような気がする。これから自分が」
『外人なら、年寄りでもいい』
「何歳まで？」
『ごじゅう・・・ん～』
「だって、外人だったらね、気持ちが大らかじゃん」
『アリゾナって、いいな～って思って』
「うん」
『あの乾いた感じのね』
「好き」
『行ったこと、ある？』
「う～ん。あると思う」
『行きたいけど、いくらくらいするんだろう』
「ピンからキリだよ」

『ミッキー（私のこと）、なんか、結婚しそう』
「うそ～」

『なんかそんな気がする』
「入籍は、いやだよ。入籍もすると思う？」
『するかも』
「そうだね。私ってそういうとこ、こだわりがないから、案外、どっちでもいいよ、って言いそうだよね。でも、また名前変わるのはイヤだな」
『でもしそう』
「ホント？　でも入籍、しませんように・・・」
『私、結婚しようって、いわれたこと、１回もない』
「えー、ウソー！　ハハハ・・・じゃあ、男の人もわかってるのかな？　結婚向きじゃないって」
『もし言われたら、舞い上がると思う。けど、ジーッとその人を別の角度から見るかも』
「結婚タイプじゃ、ないのか・・・」
『今まで、２回結婚してるし、言われたんでしょ？　結婚して、って』
「・・・どうだったかなあ・・。私、自分から言ったかも。どうする？　って。でも、その時点では、もうそういう感じだったんじゃなかったかなあ・・・。よく覚えてないけど。かっちりしたプロポーズ、って感じは経験したことないよ。嫌いだし。そういうシチュエーション。ロマンチックじゃないじゃん。プロポーズって。好きっていうのが、ばれる瞬間って、ロマンチックだと思うけど」

誘う

「あのさあ、男の人と出会って、お互いいいなって思って、最初はどっちが誘うの？」
『向こうかな。私から誘うことはない』
「電話？」
『うん。でも向こうからくる人って、そうとう自信のある人よね』

「どういう人が好き？」
『まず、私に興味を持ってくれる人』
「ふーん。会って、その日すぐする？」
『うん。だいたいそうかな』
「かけひき、しないよね」
『面倒くさくって』
「私も、どっちかといえば、そのタイプ。したらどうなる？ って聞いたことある。その返事を聞いて、納得して」
『ハハ』
「でも、そういう時って、なんでも言うよね。男の人って。
ハハハ。あと、なんか、相手が自分勝手にがーっときた時、そんな、思い通りにはさせたくないって思って、ちょっと待ったー！ って制して、説教して、礼儀正しくおとなしくなったのを見たら、今度、こっちのSごころがスイッチオンして、逆襲、とか。
困惑してた、相手。
ちょっと、精神的に、Sだと思う。私」

「自分の中で、あれはなかったことになってる、っていうのない？」
『ああ〜、あるある』
「あるよね。フフフ・・・そればっかだったりして。人生半分、なかったりして」
『ハハハ。
・・・・おにぎり屋さん。やろう。私』
「うん」
『やりたいこと、やった方がいいよね』
「うん。ピンときたものをたどっていけば、いいところに、きっと出るよ。
光ってるものに向かって進んで行って、そこからまた見える、次の光の方に、進んで行けば、いいんだよ。
新しいことを始めたら、新しい出会いも、きっとあるよ」

『勉強して、知性を増やして』
「自分のレベルと同じレベルの人と出会うからね」
『やっぱ、そうよねー！』
「うん。同じレベルのもの、同じレベルの出来事に」
『えっ！　じゃあ、私のレベル、低っ！（笑)』
「ハハハ。違うよ。価値って、人それぞれだから。つきあうって、他の人にはわからない、自分たちだけしかわからない世界だから。そのレベルって、人から見たものじゃないから」
『そうよね。とにかく、常にレベルアップよね！』
「向上心って、大事だよ」

後日談

天草のホテル「五足のくつ」へ行きました。
超多忙なトゥトゥ。ようやくとれたわずかな時間をぬって、一泊で。
ビラになってて、急な坂の上にある。その中でも、石の階段を登っていく一番上のお部屋。
「アンチ、バリアフリー！　って感じだね」
『ハハハ。あー、息が切れる〜。ひざもガクガクしてる〜』
眼下に東シナ海。曇ってるので、うすねずみ色にみえる。

「もう８ヶ月？　だいぶ、おなか、でてきたね」
『出産したら、忙しいわ。刺青（いれずみ）もいれないといけないし』
「クロスね」
『そ。あと生年月日と名前も。このあいだね、赤ちゃんの３Ｄの映像を見たのよ』
「ああ〜。私もチャコの時、見た」
『ぷよぷよしてて、気持ち悪いっ！　グロテスク！　人間と思えない〜、って言ったら、先生が、なに言ってんの。かわいいでしょ〜、って』
「へんなんだよね、あれ。恐いよね」
『・・・なんか意外と、妊娠してること、気がつかない人は気がつかないのよね〜。妊娠してるって、言ったでしょ？　って言ったら、冗談だと思ったって。で、胃がでてるのかと思ったって』
「ハハハ。前かがみになってないから、スタスタ歩くから、わかんないのかもね」
『もう〜、早く産みたい〜。何度もこのセリフを言ってるような気がするけど』
「こないだ送った『メール交換』の本、読んだ？」
『ああ、うん』
「どう思った？」

『ミッキー、あの人のこと、好きなのかなって思っちゃった』
「ああ〜、ハハハ。そんなことないよ。だって、実際、知らない人じゃん。
あれはああいう、ノリでやるってやつだからさ。ハイテンションで、いきおいでガーッていうのを、やってみたかったんだよね、たぶん」
『ふ〜ん』
「それよりさあ、最後の終わり方、変じゃなかった？ 急に、ブチッて切れてるみたいじゃなかった？」
『まだ途中までしか読んでない』
「そっか・・、どう思うんだろうなあ・・。知らない人が読んだら。
実は、あのあと、すっごくトラブっちゃってさ。前半は平和っぽかったけど、後半は戦争みたいになっちゃって、収拾がつかなくなっちゃったから、戦争部分、全部カットしたんだよね」
『へえ〜』
「最後のメールだけ、そのあと、書き足して。だから、最後のメールには、言葉にならないSOSをひそませてるの」
『ふ〜ん』
「そのカットした戦争部分に、私の本領発揮っていうか、私らしいところがでてたんだよね。おもしろくて、ちょっとクールで意地悪で、気のきいたつっこみ満載で。でも、相手が驚愕しちゃって、その後のメールがとんでもなくぐちゃぐちゃに・・・。ホント、大変だった。でも実は、そこがおもしろい部分だったんだけどなあ。
それで、私としては、不完全燃焼。本としては、未完成。
だから、この本だすのやめない？ って提案したんだけど、こっちから誘った以上、無理じいもできないし・・・、失敗した〜！
でもまあ、しょうがないよね。次に向かおう」
『そうだよね〜。私のも、そんな気持ちになったら、どんどん言って〜』
「トゥトゥは知ってる人だから、それはありえない。

相手の性格を知らなかったからトラブったわけだし。相手の人に悪かったなあって思うよ。ホント。
知らない人といきなりっていうところがおもしろいと思ったんだけど、それってやっぱりリスクが大きいというか、無謀だよね。
・・・ウドちゃん、結婚したね。本当に天野くんのこと、好きなのかと思ってたのに・・」
『好きは好きなんじゃない？』
「そうだよね。結婚は、また別なのかな」
『そうよ。・・・このあいだ、くりぃむしちゅーの司会する番組で、石田純一と黒田アーサーと保阪尚希がでてるの見た？』
「見なかった。どうだった？」
『モテ自慢。子どもの頃から、すっごいモテたでしょ？ って、げた箱にラブレターどっさり、なんて話で、彼女にあげた、一番高価なプレゼントは？ って、みんなけっこう、車？ で、保阪尚希、彼女の誕生日かなんかに、あ、忘れ物、って、さりげなくキーを渡したんだって。それ、車のキーで、しかも車の中は花でいっぱい』
「うわー。その花、邪魔だよ！ どうすんの、それ。そんなにいらないよね。あとで持ってくのかな、彼女が、ちょっとずつ小分けして部屋まで。
そういうのって、自分好き？ そういうシチュエーションに自分で酔うシチュエーショナルシストじゃない？
その車、ちゃんと彼女の希望の車種や色なんだろうね。違ったら、押しつけ」
『無理に喜ばなきゃいけないんだったら、イヤよね』
「うん。どういうのがいい？」
『車、プレゼントするから、一緒に選ぼ！ って言ってくれるのがいい』
「そうだね。それに、それだったら、他にもっと欲しいものがあったりして、実は。
高いもの、あげれば喜ぶってわけじゃないよね」

『ほんとほんと』
「テレビなんかで言わなきゃ、まだ価値もあるのに。自分自慢みたいで、カッコ悪〜い。しゃべったら、それ、もうネタだよね。経費で落としてたりして！ ネタ代、って」
『ハハハ。でも、芸能界って、そんなとこかも・・・』
「みんなの前でしゃべりすぎる男って、カッコ悪いよね。1対1の時は、しゃべって欲しいけど。人前では寡黙、ふたりだけになったら、話がおもしろいっていうのがいいな。
よくさあ、みんなの前だと超おもしろいけど、ふたりきりになったらぶすっとしてて、まったくつまんないっていう人」
『それって、彼女のこと好きじゃないのかな〜。それとも人間性？』
「どうなんだろう。彼女がそれで満足ならいいわけか・・。
ハハハ・・・、マドンナが、ヤフーの音楽ニュース見てたら、マドンナが、夫のガイ・リッチーに、『バカなことしたら追い出す』、って。『いつもヘンなかんしゃくを起こしたら、家から追い出すって脅してるのよ。男らしさを見せつけようとしてるけど、そんなことわたしには関係ないわ』、だって。その、ヘンなかんしゃく、ってとこで笑っちゃった。ヘンなかんしゃく、って。マドンナにかかったら、なんでもそれで片づけられそう・・」
『私もかんしゃくもちだよ〜。私のかんしゃくには、あまり意味がないんだけど、ガイ・リッチーの場合、おおいに意味ありそう。マドンナ、さすがだね〜。好感もてるなあ〜』
「うん。ふふふ。
こないだ、バンガーシスターズっていう映画をみたんだけど、ゴールディ・ホーンがでてて、教習所で、『色気のない場所にいると、気が変になりそう。くすんで』って言ってて、ちらっとトゥトゥのこと、思い出したよ。その時、ゴールディ・ホーン、たしか57歳だって。かわいかったよ〜。いいセリフがあったんだよな〜。最後あたりで、作家の人に電話で話した中に。
あと、最近、テレビで印象に残ったことは、『世界遺産』のナレー

ターが中村勘太郎に代わって、その声が、いい声だった。
若くて品のある、素敵な声で。
これ、毎週楽しみで録画してる。それから、すごいって言えば、松居一代かな〜。見てるだけで、パワーがみなぎる・・・。そうじしなきゃ・・・」

夕食は、小さな個室で。
その部屋の、テーブルとチェストに、トゥトゥの厳しいつっこみが。
『このテーブル、合わない』
「そうだね。部屋の造りはいいのに、テーブルは安っぽいね」
『なんか・・このテーブルで、食べたくない』
「なんでこの色と材質なんだろう。違うよね。もっと素材感のある重厚な木のテーブル・・・、ドアと同じようなのがいいのに」
『本当だ。まっいいか〜って感じで決めたようなテーブルにイスにチェスト。部屋にもあったよね〜。なんでここにコレ？ っての』

「トゥトゥって、・・・ヤンキーなの？」
『昔？ 14〜17かな〜。18からはコンサバ風』
「ヤンキーって、なに？ どこらへんまでがそうなの？」
『目つき？すぐニラム。・・・たむろってるのとは違ったけど』
「精神・・、心もちってことなのかな」
『それもあり』
「フフフ」
『うまく言えないけど、あの頃のヤンキーは、茶髪、ロングスカート、ぺったんこのカバンにタバコがトータルコーディネート。学校ではね。
プライベートは、特攻服？ あの頃のことを、今してたら、もう死んでるかも』
サザエの石焼き、ウニの茶碗蒸し、太刀魚アスパラ巻き、タコしゃぶなど。

「父親が違っても、兄弟って、似るよ〜。妙なところが。
あのね、カラタネオガタマって木があるんだけど、バナナみたいな
匂いの花が、今、咲いてるのよ。それ、きのうチャコにかがせてた
ら、いい匂い、これ、鼻の穴に入れたらよさそう、って言ったの。
すでに去年ね、カンチンがそうやって、鼻の穴に入れて学校に行っ
てたんだけど、同じこと考えるんだね」
『フフフ』
「お父さんには、もう言ったの？」
『それが、まだ気づかないのよ』
「へー！」
トゥトゥのお父さんは、とっても厳しい方らしく、もしバレたら、
どんなことになるかわからないという。お母さんとか、まわりは
戦々恐々らしい。ひやひやするから、夜、眠れないから、早く言っ
てと言われてるそう。
「たまに、会うんでしょ？」
『うん。朝、10分位、仕事先にくるもん。エプロンしてると、わか
んないみたい。それか、知ってて、知らないふりしてるのかも』
「産むまで気づかなかったりしてね。・・・意外と、ずっと？・・
この子、いつも遊びに来てるなあ〜なんて」
『ハハハ。もし、バレたら、絶対、相手の男を連れて来いって言う
から、連絡先だけでもわかっとこうと思って、友だちに調べてもら
ったの。あのゆくえ知れずのサーファーの。もう携帯、通じない
から』
「うん」
『そしたら、その友だちから電話がきて、もうびっくり！ というか、
友だちが興奮してるのにおどろいた』
「なに？」
『第1声が、サイテーイ！ って。その友だちが言うのよ。もう、最
悪よ！ あんなヤツ、って妙に感情移入してるんだもん。これまた
ビックリ』

「え？」
『ゆくえが知れた、って。あのサーファー、仕事先はもう辞めてて、で、女の子と手をつないで歩いてた、って。しかも、身重で、どうやら私と同じ時期にできた子らしい』
「ええっ？ そ、そっち、産むのかなあ？」
『どうだろう。どうでもいいけど！』
「えっ？ じゃあ、・・・もしかして、兄弟が！」
『他にもいるかも』
「ホントだね。・・・すっごいいっぱいいたりして・・・10人ぐらい・・」
『私って、カッコ悪い！ 男をみる目がないな〜って言ったら、ミー、トゥー！ 私もよ！ って、その友だち。
その友だちも、バツ２でね』
「フフフ。ミートゥーって？ でも・・・、そのサーファー、ある意味、すごいね。なんか・・・少子化対策賞っていうのがあったら、表彰されるかも、技能賞とかで」
『それうける〜！ カッコよく言えばそうだけど、要は早うちサーファー？ 想像したら気持ち悪い』
「そんな自由人なのに、産んでくれる女、つぎつぎ・・・ククク」
『最悪だけど、憎めない・・・。憎んだら、私と子どもの生き方まで、否定するようだもん。あの時だけはハッピーだったしネ〜。それでよしとしよう』
「うん」
『子どもはこれから会う人が、きれいに育ててくれるよね』
「あ、その思い方、いいね」
『これで、きれいさっぱり、私の中では抹殺よ！』
「おお」
『で、次の日は、サーファーともう１人、どっちがいいかなって思ってた男から電話があったのよ。半年ぶりに、阿部寛似から』
「あれ、なんか動きだしてるね」

『そう。で、オレ、わかる？ って。シーン・・・・ちんもく。
わからない・・だれ？
○○○。
あ〜、ひさしぶり〜、っていろいろ話して。もちろん、妊娠のことは内緒で。
お前はやっぱり、いい女だな〜って言うから、
○○○くんが独身だったらよかったのにね〜、って言ったら、
離婚した、って。
え〜！ なんで？ って聞いたら、理由は、私、だって。犬の毛が、原因、って。家に遊びに来た時について、って』
「ハハハ」
『エッチもしてないのに・・。しかも、今までは、さん付けで、丁寧に話してくれてたのに、いきなり呼び捨てよ。なれなれしく』
「もう、躊躇もなく、射程範囲ってことかな・・」
『離婚理由が知りたいわ〜。奥さんが別れたがってたんじゃないかな。暴力かお金だと思うのよね。金払いよかったからね！ どんなに電卓たたいても、あの使い方じゃあ、普通のサラリーマンが使える金額じゃない』
「へえ〜」
『とりあえず、産後、初エッチは彼とするかも』
「うん」
『目標ができたわ』
「ハハハ。・・・エステの効果、確認」

夜は、アロママッサージをたのむ。来た人が、おもしろいキャラで、よくしゃべっていた。
朝、部屋付きの露天風呂にはいりながら、その話。
「身振り手振りで、アクションつきの語りだったよ。話しててもいいからさあ、手は動かしてほしいよね。時々、手が消えるんだもん。フフフ」

ビラについてる露天風呂
ちょっと南国っぽい
天気のいい夜は星を見ながら…
夜は真っ暗でした

ガラスが多用されていました

洗面台　陶器のタイル

露天風呂の階段

バスルームの取っ手
これもガラスです
ゾウの顔

食事する小部屋の前の廊下
つきあたりの右側にテラスがあって
そこで珈琲を飲みました

サザエの田楽

うにの茶碗蒸
食事中、私のこと、「おかあさまは？」って
トゥトゥの母親に間違われました···。

フルーツ杏仁豆腐

朝食 このテーブルです

部屋からの眺め

著者近影

ソファ

バスルームから外を

天草空港 これは、天草四郎の絵か・・・
青い色がよく使われていました
売店で時間までワカメを見る
私はおみやげに2袋買った

飛行機から島をみる

天草空港のガラスの窓

青いガラスのかけら

トゥトゥ アオサとワカメを買いました

食事する小部屋からの眺め
東シナ海
このむこうは中国

『外の風呂まで聞こえてたよ、しゃべり声』
「質問すると広がりそうだったからさあ。あえて相づちでとどめといた」
『おしゃべり好きな人は、相づちがちょうどいいんじゃない？ 自分からしゃべっていくから』
「おもしろい人だったね。なんか、何かがみえてそうで、そうじゃないような。不思議。
だま〜ってる人もいるよね。重苦しく。それもイヤだよね」
『うん』
「ああいうのって、人によるよね。タクシーといっしょで、どんな人が来るかわかんないよね。でも、マッサージって、私はあんまり好きじゃないんだなあ、ってやっぱ思う。体、触られて、いろいろ言われるのがヤだ。悪いとこ。マッサージうけてても緊張してリラックスできないし」

バナナの葉っぱ。棕櫚(しゅろ)の木。遠くに海。夜の蛙から一転、朝は鳥の鳴き声。

「気持ちいいね。都会に住んでると、ここにいるだけで、リフレッシュかもね。でも、私、家も自然の中だからさあ。ハハハ。あんまり変わらないかも」
『私も。都会の方が癒(いや)されたりして』
「うん。でも、人ごみはストレス。・・・でも、どんなとこでも、慣れるよね。しばらくいると、絶対」
『うん』
「一ヶ月くらいでね」

『都会もいいけど、海がみえるとこがいい、私』
「どう？ 英会話」
『もう、むずかしい〜。でも、そこをクリアしないと、外人さんとつきあえないのよね』
「うん」

『一生、ひとりかも知れないと、不安もよぎる・・・』
「なんで？」
『鏡を見ると、そう思ってしまう。マタニティブルーかな？』
「車、いつまで運転するの？」
『出産までよ。陣痛がきたら、自分で運転して行くわ。たのめる人もいないし、ひとりでやるしかない忙しい日に産まれないでほしいわ。土・日に産まれたら困る』
「すごいよね。前の時も、退院の時、病院からひとりでベビーカー押して、帰ったんだもんね〜。そういうところ、本当にすごいと思う」

「めざましテレビ」を見ながら、お茶を飲む。司会者やコメンテーターの男性たちが、露出の多いグラビアアイドルの始球式の姿を見て、みんな、にやにや、しどろもどろ。
「男って、・・・男はみんな、にやけてる・・・」
『そうよ。おっぱいよ』
「あ〜、なんか、この司会のおじさんまで、観音さまみたいに額にほくろがあって、まさかにやけないだろうっていうおじさんまで、にやけてる！
男って・・・男って、なんか、こういうとこ、・・・みんながみんなキョトキョトとして、ミーアキャット状態・・・かわいいというか・・・動物なんだね〜・・・アハハ、かわいいねえ〜」

「ドマーニ」をめくりながら、『私が買った同じ服やバッグがでてるわ。うれしい・・・』
「ドマーニ世界なんだ」
『でも、ちょっと若いのよねえ〜』
「私は、読んでる雑誌、ないなあ」
『このＣＭ・・・オダギリジョー、カッコいいね』
「いいよね。色気もあるし。なんか、だらっとしててもかわいいし」

『そうそう。考え方と生き方が一致してるような気がする。残念なことに、私のまわりにはいない』

帰り、飛行機に乗る。
飛行機の中で子どもが泣いてる。
『シャバ慣れした子どもに育てよう。ちょっとやそっとじゃ泣かない子』
「うん」
『帰り、空港で、もやっとボール、買って帰るわ。ポーちゃんが買ってきてって』
「なにするの？」
『知らない。投げつけるんじゃない？ 赤ちゃんに』
「アハハ。もやっとした時？・・どんどんふえてたりして」
『ハハハ』
私も、もやっとボールと、もやっとクッションまで買う。(この日、もやっとクッション、完売したとTVで言ってて・・・)
「どこらへんにとめたの？ 車」
『あそこらへん』
「じゃあね」
『うん。またね』

別れて、駐車場の車のとこに行って、荷物を入れながら、
青い空を見て、これからやりたいこと、大丈夫かなあ、できるかな、って。
やる気とプレッシャーが交錯する。
天気いいなあ。

プッ！ って、クラクションの音。
振り返ると。サングラスのトゥトゥが、運転席から手をふりながら、にっこり笑って通り過ぎた。

『バイバーイ』
うーん、あの笑顔。明るくなる〜。

帰ったら、トゥトゥから電話。
片腕として働いてくれてるスタッフが緊急入院してた、って。
1ヶ月は休みそう。
「命に別状はないんだよね」
『うん』
「ゆっくり休めということかも。すごかったもんね、忙しさが」
『仕事の事は忘れて、って言って来たわ』
「ストレスだよね、きっと」
『腸に穴が開いたんだって。穴が開くのはストレスよね。
穴が開くか、円形脱毛症・・。私は、前、円形脱毛症になったけど』
「・・・大丈夫?」
『私は、大丈夫よ。そんな気がする。私は大丈夫だと思うのよね』
「次から次だね。休み、ないね。出来事に」
『ノンストップで出産まで行くわ。自分でできる範囲を見極める』
「平和な時期って、あった? 生まれてから、今まで」
『あったと思うよ、多分。でもそんな風に考えて生きてないから、
すべてが平和だったかも。
どんな状況も平和とする』
「うん。頑張ってね」
どうなるんだろう。いろんなことが押し寄せてきてる。
そして、一点に集中!
赤ちゃんで、爆発か〜。
ガンバレ〜!

とにかく、ガンバレー!!

END

ＰＳ：さすがに困り果ててるかと思いきや、
次の日さっそく、トレーナーを探し、
産後のシェイプアップ計画をたてたそう。
目標、腹筋縦割れ！とか。
・・・さすがです。
なにがあっても、大丈夫なのね！

おんな
女っておもしろい

ぎんいろなつを
銀色夏生

角川文庫 14280

平成十八年六月二十五日　初版発行

発行者──井上伸一郎

発行所──株式会社角川書店

東京都千代田区富士見二-十三-三
電話　編集(〇三)三二三八-八五五五
　　　営業(〇三)三二三八-八五二一
〒一〇二-八一七七
振替〇〇一三〇-九-一九五二〇八

印刷所──暁印刷　製本所──BBC

装幀者──杉浦康平

本書の無断複写・複製・転載を禁じます。
落丁・乱丁本はご面倒でも小社受注センター読者係にお送りください。送料は小社負担でお取り替えいたします。
定価はカバーに明記してあります。

©Natsuo GINIRO 2006　Printed in Japan

き 9-58　　　　　　　　ISBN4-04-167361-5　C0195

角川文庫発刊に際して

角川源義

　第二次世界大戦の敗北は、軍事力の敗北であった以上に、私たちの若い文化力の敗退であった。私たちの文化が戦争に対して如何に無力であり、単なるあだ花に過ぎなかったかを、私たちは身を以て体験し痛感した。西洋近代文化の摂取にとって、明治以後八十年の歳月は決して短かすぎたとは言えない。にもかかわらず、近代文化の伝統を確立し、自由な批判と柔軟な良識に富む文化層として自らを形成することに私たちは失敗して来た。そしてこれは、各層への文化の普及滲透を任務とする出版人の責任でもあった。

　一九四五年以来、私たちは再び振出しに戻り、第一歩から踏み出すことを余儀なくされた。これは大きな不幸ではあるが、反面、これまでの混沌・未熟・歪曲の中にあった我が国の文化に秩序と確たる基礎を齎らすためには絶好の機会でもある。角川書店は、このような祖国の文化的危機にあたり、微力をも顧みず再建の礎石たるべき抱負と決意とをもって出発したが、ここに創立以来の念願を果すべく角川文庫を発刊する。これまで刊行されたあらゆる全集叢書文庫類の長所と短所とを検討し、古今東西の不朽の典籍を、良心的編集のもとに、廉価に、そして書架にふさわしい美本として、多くのひとびとに提供しようとする。しかし私たちは徒らに百科全書的な知識のジレッタントを作ることを目的とせず、あくまで祖国の文化に秩序と再建への道を示し、この文庫を角川書店の栄ある事業として、今後永久に継続発展せしめ、学芸と教養との殿堂として大成せんことを期したい。多くの読書子の愛情ある忠言と支持とによって、この希望と抱負とを完遂せしめられんことを願う。

　一九四九年五月三日